U0901193

金陵全書

乙編·史料類

秣陵集　（明）歐大任　著

白門稿　（明）陸應陽　著

金陵集選　（明）鄔佐卿　著

金陵名賢詠　（明）顧起元　著

金陵卧遊六十詠　（明）顧起元　著

白門草　（明）丁肇亨　著

南京出版傳媒集團
南京出版社

圖書在版編目（CIP）數據

秣陵集 / (明) 歐大任著. 白門稿 / (明) 陸應陽著
. 金陵集選 / (明) 鄔佐卿著. -- 南京 : 南京出版社,
2022.5
（金陵全書）
本書與“金陵名賢詠•金陵卧遊六十詠•
白門草”合訂
ISBN 978-7-5533-3644-2

Ⅰ. ①秣… ②白… ③金… Ⅱ. ①歐… ②陸… ③鄔
… Ⅲ. ①中國文學－古典文學－作品綜合集－明代 Ⅳ.
①I214.82

中國版本圖書館CIP數據核字（2022）第046163號

書　　名	【金陵全書】（乙編・史料類） 秣陵集・白门稿・金陵集選・金陵名賢詠・金陵卧遊六十詠・白門草
作　　者	（明）歐大任　（明）陸應陽　（明）鄔佐卿　（明）顧起元 （明）顧起元　（明）丁肇亨
出版發行	南京出版傳媒集團 南 京 出 版 社 社址：南京市太平門街53號　　郵編：210016 網址：http://www.njcbs.cn　　電子信箱：njcbs1988@163.com 聯系電話：025-83283893、83283864（營銷）　025-83112257（編務）
出 版 人	項曉寧
出 品 人	盧海鳴
責任編輯	程　瑶
裝幀設計	楊曉崗
責任印製	楊福彬
製　　版	南京新華豐製版有限公司
印　　刷	南京凱德印刷有限公司
開　　本	889毫米×1194毫米　1/16
印　　張	40
版　　次	2022年5月第1版
印　　次	2022年5月第1次印刷
書　　號	ISBN　978-7-5533-3644-2
定　　價	800.00元

用微信或京東
APP掃碼購書

用淘寶APP
掃碼購書

總序

南京，古稱金陵，中國著名的四大古都之一，是國務院首批公佈的國家歷史文化名城。

南京有着六十萬年的人類活動史，近二千五百年的建城史，約四百五十年的建都史，享有『六朝古都』『十朝都會』的美譽。南京歷史的興衰起伏在某種程度上可以説是中國歷史的一個縮影。在中華民族光輝燦爛的歷史長河中，古聖先賢在南京創造了舉世矚目、富有特色的六朝文化、南唐文化、明文化和民國文化，爲中華民族文化的傳承和發展做出了不朽貢獻。然而，由於時代的遞遷、戰爭的破壞以及自然的損毁等原因，歷史上南京的輝煌成就以物質文化形態留存下來的相對較少，見諸文獻典籍的則相對較多。南京文獻内涵廣博，卷帙浩繁，版本複雜。截至一九四九年中華人民共和國成立，南京文獻留存下來的有近萬種，在全國歷史文化名城中名列前茅。以六朝《世説新語》《文心雕龍》《昭明文選》，唐朝《建康實録》，宋朝《景定建康志》《六朝事迹編類》，元朝《至正金陵新志》，明朝《洪武京城圖志》《金陵古今圖考》《客座贅語》，清朝《康熙江寧府志》《白下瑣言》，民國《首都計劃》《首都志》《金陵古蹟圖考》等爲代表的南京地方文獻，不僅是南京文化的集中體現，也是中華民族優秀傳統文化的重要組成部分。這些南京文獻，積澱貯存了歷代南京人民的經驗和智慧，翔實地反映了南京地區的社會變遷，是研究南京乃至全國政治、經濟、軍事、文化、外交和民風民俗的重要資料。

歷史上的南京文化輝煌燦爛，各類圖書典籍琳琅滿目。迄今爲止，南京文獻曾經有過三次不同程度的整理。

第一次是距今六百多年前的明朝永樂年間，明朝中央政府在南京組織整理出版了《永樂大典》。《永樂大典》正文二萬二千八百七十七卷，凡例和目録六十卷，分裝成一萬一千零九十五册，總字數約三億七千萬字。書中保存了中國上自先秦、下迄明初的各種典籍資料達七八千種，是中國古代最大的類書。

第二次是民國年間，南京通志館編印了一套《南京文獻》。《南京文獻》每月一期，從一九四七年元月至一九四九年二月共刊行了二十六期，收入南京地方文獻六十七種，包括元明清到民國各個時期的著作，其中收録的部分民國文獻今天已經成爲絶版。

第三次是二〇〇六年以來，南京出版社選取部分南京珍貴文獻，整理出版了一套《南京稀見文獻叢刊》點校本，到二〇二〇年，已經出版了六十九册一百零五種，時代上起六朝，下迄民國，在學術普及方面做出了一定的貢獻。

中華人民共和國成立以來，尤其是改革開放以來，南京的政治、經濟、文化建設飛速發展，但南京文獻的全面系統整理出版工作一直没有得到應有的重視，這與南京這座國家歷史文化名城的地位頗不相稱。據調查，目前有關南京的各類文獻主要保存在南京圖書館、南京市檔案館，以及全國各地的高等院校、科研院所、圖書館、檔案館、博物館，少數流散於民間和國外。一方面，廣大讀者要查閲這些收藏在全國各地的南京文獻殊爲不便；另一方面，許多珍貴的南京文獻隨着歲月的流逝而瀕臨損毁和失傳。南京文獻的存史、資治、教化、育人功能没有得到應有的發揮。

盛世修史（志）。在中華民族和平崛起和大力弘揚民族傳統文化、全力發展民族文化事業的大背景下，在建設『文化南京』的發展思路下，中共南京市委、南京市人民政府於二〇〇九年十二月做出決定，將南京有史以來的地方文獻進行全面系統的匯集、整理和影印出版，輯爲《金陵全書》（以下簡稱《全書》），以更好地搶救和保護鄉邦文獻，傳承民族文化，推動學術研究，促進南京文化建設；同時，也更爲有効地增加南京文獻存世途徑，提昇南京文獻地位，凸顯南京文獻價值。

爲編纂出能够代表當代最高學術水平和科技成就，又經得起時間檢驗的《全書》，我們將編纂工作分成三個階段進行。第一個階段爲調研階段，主要對南京現存文獻的種類、數量、保存現狀以及收藏地點等進行深入細緻的調研，召集專家學者多次進行學術論證和可操作性論證，撰寫出可行性調查報告，爲科學決策提供依據，此項工作主要由中共南京市委宣傳部和南京出版社組織完成。第二個階段爲啓動階段，以二〇〇九年十二月二十四日召開的『《金陵全書》編纂啓動工作會』爲標志，市委主要領導親自到會動員講話，市委宣傳部對《全書》的編纂出版工作作了明確部署。在廣泛徵求專家學者意見的基礎上，確定了《全書》的總體框架設計，確定了將《全書》列爲市委宣傳部每年要實施的重大文化工程，確定了主要參編責任單位和責任人，並分解了任務。第三個階段爲編纂出版階段，主要在全國範圍内進行資料的徵集、遴選和圖書的版式設計、複製、排版及印製工作。

爲了確保《全書》編纂出版工作的順利進行，中共南京市委、南京市人民政府成立了專門的編纂出版組織機構。其中編輯工作領導小組，由中共南京市委、市政府領導以及相關成員單位主要負責人組成；《全書》的編纂出版工作由市委宣傳部總牽頭；學術指導委員會，由蔣贊初、茅家琦、梁白泉等一批全國著名的專家學者組成，負責《全書》的學術審核和把關。

《全書》分爲方志、史料、檔案和文獻四大類。自二〇一〇年起，計劃每年出版四十册左右。鑒於《全書》的整理出版工作難度較大，周期較長，在具體操作中，我們採取了分工協作的方式。市委宣傳部和南京出版社負責《全書》的總體策劃，其中方志部分，主要由南京市地方志編纂委員會辦公室和南京出版傳媒集團·南京出版社共同承擔；史料和文獻部分，主要由南京圖書館承擔；檔案部分，主要由南京市檔案局（館）承擔。《全書》的編輯出版，得到了江蘇省文化廳、江蘇省新聞出版局、江蘇省檔案局（館）、南京大學、南京圖書館、南京市文廣新局、南京市社科聯（社科院）、南京市文聯、金陵圖書館以及各區委宣傳部和地方志辦公室等單位及社會各界的熱情鼓勵和大力支持，尤其是得到了中國國家圖書館和全國各地（包括港臺地區）高等院校、科研院所、圖書館、檔案館、博物館等藏書單位的鼎力相助，在此表示深深的謝意！

我們相信，在中共南京市委、南京市人民政府的長期不懈支持下，在各部門、各單位的積極配合和衆多專家學者的共同努力下，這項功在當代、利在千秋的傳世工程一定能够圓滿完成。

《金陵全書》編輯出版委員會

凡例

一、《金陵全書》（以下簡稱《全書》）收録的南京文獻，分爲方志、史料、檔案和文獻四大類。

二、《全書》按上述四大類分爲甲、乙、丙、丁四編，以不同的封面顔色加以區分；每編酌分細類，原則上以成書時代爲序分爲若幹册，依次編列序號。

三、《全書》收録南京文獻的地域範圍，包括了清代江寧府所轄上元、江寧、句容、溧水、高淳、江浦、六合。

四、《全書》收録的南京文獻，其成書年代的下限爲一九四九年。

五、《全書》收録方志、史料和文獻，盡量選用善本爲底本。《全書》收録的檔案以學術價值和實用價值較高爲原則，一般選用延續時間較長、相對比較完整的檔案全宗。

六、《全書》收録的南京文獻底本如有殘缺、漫漶不清等情況，必要時予以配補、抽换或修描，以保證全書完整清晰；稿本、鈔本、批校本的修改、批注文字等均保留原貌。

七、《全書》收録的南京文獻，每種均撰寫提要，置於該文獻前，以便讀者了解其作者生平、主要内容、學術文化價值、編纂過程、版本源流、底本採用等情况。

八、《全書》所收文獻篇幅較大時，分爲序號相連的若幹册；篇幅較小的文獻，則將數種合編爲一册。

九、《全書》統一版式設計，大部分文獻原大影印；對於少數原版版面過大或過小的文獻，適當進行縮小或放大處理，並加以説明。

十、《全書》各册除保留文獻原有頁碼外，均新編頁碼，每册頁碼自爲起訖。

總目録

金陵全書

乙編·史料類

秣陵集

（明）歐大任 著

南京出版社
南京出版傳媒集團

提要

《秣陵集》八卷，明歐大任著。

歐大任（一五一六—一五九五），字楨伯，號侖山，廣東順德陳村人。生於書香之家，富有藏書，自幼博涉經史，工古文辭詩賦。科考坎坷，八次鄉試皆落榜未中。直至嘉靖四十二年（一五六三），四十七歲方以歲貢生資格，試於大廷，經御覽列爲第一。由此，海內知名。隆慶四年（一五七〇），受職江都（今江蘇揚州）訓導。不久，進京參與修纂《世宗實録》。完成後，先後任光州（今河南横川）學正、邵武（今福建邵武）教授。萬曆三年（一五七五），升國子監助教。後隨明神宗朱翊鈞巡幸太學，受賞識，得賜『不二』兩個斗大的字。萬曆九年（一五八一），任南京工部屯田司主事，翌年轉虞衡郎中，至萬曆十二年（一五八四），官終南京，退休還鄉。因其官至工部虞衡郎中，人稱『歐虞部』。

歐大任喜好讀書，工詩擅文，被譽爲『南園後五子』的領軍人物（其餘四子是梁有譽、吴旦、黎民表和李時行），又被王世貞列爲『廣五子』之一（其餘四子是俞允文、盧柟、吴維岳和李先芳）。著述甚豐，有《百越先賢志》《廣陵十先生傳》《平陽家乘》《思玄堂集》《旅燕集》《浮淮集》《軺中集》《遊梁集》《南翥集》《北轅集》《羸館集》《西署集》《秣陵集》《詔歸集》《蘧園集》等，後人匯刻諸作爲《歐虞部集》。

《秣陵集》集前有余孟麟《序》，作於明萬曆十一年。余孟麟（一五二八—一六一〇），字伯祥，一字幼峰，江甯（今江蘇南京）人。歷官南京國子監司業、詹事府洗馬、掌翰林院事、侍讀學士、南京國子監祭酒。爲人耿介自持，不事權要，寄情山水，交友吟詩。工書，善真、草。

《秣陵集》共八卷，依目録所示，卷一收五言古詩十八首；卷二收七言古詩十七首；卷三收五言律詩一百零五首；卷四收五言排律十一首；卷五收五言絕句二十一首；卷六收七言律詩一白三十九首；卷七收七言排律二首；卷八收七言絕句八十首。

其集内容，余孟麟在《序》中概括曰：『今觀其集，睇景紓懷，即事導興，或於宮庭廬衛而登紀録，或於僊台梵宇而述宴遊，或以訪古而寄慨，或以停御而眷心，或占綴於酬知，或湛思於掩閣。』因詩歌多作於金陵任職期間，而名其集爲《秣陵集》。集中諸詩，録有金陵遊蹤，諸如莫愁湖、玄武湖、石頭城、幕府山、孫楚酒樓、木末亭、承恩寺、弘濟寺、天界寺、志公塔、達摩洞等；紀有與衆多文人交遊，諸如南京文人余孟麟、顧璘、金鑾、許穀、姚淛、姚汝循、姚之裔等。其時，後七子（李攀龍、王世貞、謝榛、宗臣、吴國倫、梁有譽和徐中行）興起，主導詩壇，歐大任詩名爲其所掩，只能在嶺南一隅熾盛一時。

歐大任的詩歌，既受後七子復古之風影響，也有其特色。其詩繼承、發揚嶺南雄直、清麗之風格，力袪浮靡，還之風雅，直抒胸臆，沉鬱深厚。清末民初詩人陳田（一八五〇—一九二二）輯《明詩紀事》，贊『楨伯詩，才筆縱橫，並長諸體』，而七言古體『尤爲到格，餘子不及也』。

據余孟麟《序》『會楨伯倦遊，且移疏乞休，新安吴孟白、廣陵陸無從次其秣陵諸詩刻焉』，《秣陵集》曾有單行本。今存收録於《歐虞部集》中。现有中國國家圖書館藏明隆慶、萬曆間刻本，北京大學圖書館藏明隆慶、萬曆間刻清印本與明刻本，天津圖書館、南京圖書館藏清刻本。

《金陵全書》收録的《秣陵集》以南京圖書館藏《歐虞部集》清刻本爲底本原大影印出版。

吴福林

秣陵集序

余束髮與黎中秘游蓋習嶺南歐先生楨伯詩是時楨伯逡〻諸生目頤以稱詩閒余後偕計上公車楨伯以明經推擇入燕習其人因益習其詩也〻何余以不售太常去楨伯亦隨牒之廣陵之汝南不聞問者數年厤矣又後予持槖金馬門而楨伯以慈恤再起遷國博又遷廷評日從都市

交驩是時楨伯詩益工名亦日益起鬱然
海内宗匠矣又後余謁告南歸楨伯又遷
工部尚書郎而南則相與講藝秣陵纚纚
無間也會楨伯倦游且移疏乞休新安吳
孟白廣陵陸無從次其秣陵諸詩刻爲徵
余言揭諸首簡余述所以雅游於楨伯者
如此而併爲之叙曰夫秣陵據有江山之
勝不啻嵴澠河華睭興爲

高皇帝故都則商亳周鎬遐躅攸存負壯游而稱歷覽者往〻結轍于道其固然哉况當綦隆之際屢好文之朝薦紳先生淂以優閒省闥枕藉圖書作者嚮臻彬〻乎盛矣楨伯學務慱綜而詩尤專詣一時秉槧名家多所跋附今觀其集睇景紓懷即事導興或於宮庭廬衞而登紀錄或於僊臺梵宇而述宴游或以訪古而寄慨或以

傳御而眷心或占綴于酬知或湛思于掩閣清裁駿發牘映薾流所爲瑰其志而肆其端者葢潯江山之勝非尠矣古今聞人有經遊題品者後咸引之爲重郎以楨伯詩貽諸將來其不爲秣陵重哉昔唐杜工部子美游長安而杜陵韋曲諸薾直與川原草木爭勝千載而下猶然頌之楨伯与子美同擅才名同稱工部同以游騁倡

和萠章為都邑增重然子美遭天寶之亂轉徙河西劍南崎嶇以從行在何其不偶也今

天子登乂右贒而楨伯迴翔禁署播雅頌之元聲以襄潤鴻業孫子美所遇殆過之矣抑予又聞世之譚詩者類謂吳下以色澤勝中原以風骨勝其沿習使然也楨伯崛起百粵而詩業寖闚盍兼有其勝能以

粵之詩與吳之詩中原之詩三分鼎立斯
亦豪哉則非獨為秣陵重抑亦為粵重也
夫秣陵重粵重而楨伯之詩益重矣
萬曆癸未仲冬朔日秣陵余孟麟譔

秣陵集

目錄

秣陵集

嶺南歐大任楨伯甫著

五言古詩

出都門作 二首

玉河湯湯流白日冉冉度今晨驅我車踟蹰卽岐路言念骯髒人敢有纓緌慕　主聖實優容班行媿非據跌宕漢公卿能垂特達顧游好眷失羣貴靡忘徒步貽之黄父言送我青門馭綢繆鄰中宴哽咽河梁賦碣石日迢遥浮雲悵馳騖行者不可

留申章寄情愫

猗彼汶上篁移植來薊丘嶧陽孤生桐托根河中洲何異巖巒姿一顧蒙恩庥風雲幸値遇七載瞻宸旒日趨金馬門亦點銅龍樓霄漢翺以翔改秩陪京游假裝辭密親分鑣盼艮儔別促思方始一日誠三秋南曹孰云遠淺薄固所憂豈不戀禁闥宣力寧易酬黽勉就長路夷猶戒鳴騶君其惠前綏慰我行悠悠

驚雷篇并引

萬曆辛已七月七日舟行江上遇雨泊瓜步雷擊舟檣櫂夫驚恐余謂雷天威也物適值之然不敢不敬也既夕省過遂成斯篇

昊天時疾威積風殆先兆陰陽適相薄蓊鬱怒而慓我舟次江介迅雷擊檣杪豐隆破響來列鞅飛光剽隱隱尚塡塡霆奮更火燎駭氣從奔激倐閃遠羅曜斯須七箸失顧盼篙師咷世異景公臺變似夷伯廟休咎我方省善否天所照震鄰已切躬

察痌瘝求瘼在莒能無忘居鄒懼難宵夕惕敕戒勤勵德永思劭

貞烈篇并引

陳君長源爲閩中丞公之仲子而林氏則藩伯公女也陳君聘未婚而歿林女請奔喪請事舅姑俱不遂竟絶粒嘔血死事具林宗伯福州志中余讀中丞公所爲壙記悲焉嗟嗟身不再聘從一而終可以風矣爰製斯篇以告史氏

東治鍾靈粹三山閟幽貞女出林氏門禮訓自性成蚤受聘于陳待年猶未行夫倏𦰡榮凋女敢愛其生緫帷不可望鞶絲空復情羅靜豈慕烈翟素寧希名穀也莫共室窆可同佳城從容求吾志一死氷霜明宴娭並雲蓋姚裔飛霓旌春蘭更秋菊終古歌懷清

滎河篇

岷山導江水發自天漢上源溪流以長嘉陵湫相望飛湍漫滸來雲氣紛沆碭灌入馮夷潮時湧江

妃漲赤岸汎霞津白沙積霜障練淨朝以披縠鮮書還蕩縈廻巴子曲傜銳巴渝唱隱君潔者流下簾丈人行遺榮早蜚遯遠志謝禽向亭皐俯潺湲矜倩日夷曠上善鏡空明至文渙溶瀁適軸一何幽老易素所尚樂泌已永年擊波有遺榜漣漪猶至今荇藻莫可狀其中方圓折珠玉光摩盪毓祥井絡西千齡燭星象

秋夜直省中

華省傍畫垣閌門夾朱戶縱橫太弩署廻薄公車

府自爲含香吏宿直臥周廡徂宵秋已深莎雞振其股墜露芳蕙凋驚飈散蓬聚肅穆仰皇居蕭寥視天宇幸兹際休明授餐過升龠豈不畏簡書敢云薄簪組考父示益恭旦夕惟僂傴陳力卽未疲尸位曾何補馳思白雲中矯望皐禽羽

雪夜懷張幼于

兹夜一何長勁飈起平楚别君征虜亭望君新林浦同雲被鍾陵密雪塗江滸蘭巵不共持瑶琴待誰撫緘情詒所思因之問蘅杜

答顧司勳　二首

宸居鉅麗觀建業維舊京省寺夾閶闔宮闕槩泰
清人文盛斯日鳴環獄冠纓顧生起吳會握管逢
休明修嫮宛珠潤清馥含蘭馨通方極丘索辨古
分淄澠詩從四始正曲合九奏成何哉銓衡地洵
有箕穎情結佩豈不美折麻殊自榮余豈茂陵客
跌宕東方生中章謳嘉藻輾轉懷同聲

黃虞曠千載尼泗陳歌詩弦詠響乍息風雅道已
衰延州觀樂來曹鄶無所譏明音始復古熙豫固

有期及子遘妮好携手升玉墀趨蹌會禁闥位序連班司援琴寫中曲進禮抒妙辭亟我蒹葭質暎彼璠璵姿有斐惟古歡繾綣自一時嘉會不可常蓬蓽吾將歸子其勉令德所思在皇闈

答吳秀才拾之

濬發吳楚間奕奕一髦士讀多袁豹書代守班家史敷文蔚霞燦持論倏飈起白馬夾車轂青雲擁冠履就我秣陵西檀橋甃停軌美晳玉照鮮馨言蕙吹似昔聞沐雪賦今得過江汜援毫惠雅篇釀

忝薦新醧奬挹非所膺麗澤能毋鄙秉禮大姬宗
歷聘延陵子桑陰日未移儻來問樗里

卓瀓父崧齋

潛虬起重雲祥鵷集樛木寄此玄暢懷高齋引遥
矚君從嘉遯年考卜塘西曲平原矗介丘修林帶
陶牧煙途綿邈升露井嵒蕘築江楹瞰海門越倚
出天日窓虛納疎飈於焉送傾燠步欄一徙倚新
篁韭鳴玉家猶董相園耕似鄭公谷多暇削竹勤
已奏三千牘白虎講異同匪但榮丹轂絃以碩人

詩爲君詠邁軸

象教精舍詩 并序

南昌有精舍曰象教益王元美以古灰佛像寄朱孔陽謂西僧吐三昧火自焚其徒擣骨作爲灰佛孔陽虔斯室以奉之詒書索詠敬此寄題

泥洹那竭國阿耨王舍城寶界極四照瑟居懸三明何年丈六身圖畫來漢京竺僧荼毘日金骨灰佛成居士豫章人家續南宗燈六塵忘有相十喻

歸空名一室似招提雨積花林平遥峰矗牕牖鳴溜飛階庭茂楦祇園樹馴鴿棲不驚理亦講解析念能禪寂澄知幻非所幻有生自無生君其戒淨土毋忘弇州情

吳公擇齋中同道行允兆成叔分賦得陶淵

明

徵君百代士稍出經世務夙敦詩書好匪爲弦歌故束帶何可羈漉巾自眞趣嗜酒藍輿還不廢虎溪步吾廬在南村五柳扶疎樹江州白衣至把菊

日赤春歸去來山中宇宙同一寓懷哉古田舍羲
皇樂貞素

答孫伯遠

送美臨南浦回首新亭游我自嗟繫匏君如遠行
輈蔣陵有高岫大江日長流鯉魚何處來南從白
蘋洲故人尺素書念我情綢繆還復折疎麻一寄
航門秋嘉會難可期五嶺行悠悠葭菼隨風飄搖
落增離憂努力事修名報子雙吳釣

送吳允兆

浩浩長江流爍爍衆星密行人不可留轉盼已相失舳艫戒征帆波濤乍瀠汩以我南還人送子東歸日臨水泝離觴斯須猶促刺默默情若含悽悽戀何及菰城路伊邇西候歸潮急河梁憶携手引望空佇立

吳孝甫黃山草堂

宗炳旅衡岳謝客游匡山西已踰荊巫南欲窺松門寄托遠氛雜登陟窮攀援動操琴亦響披榛岌恒穿通隱事不同心羅奇嶒岏吳生沉寘士遺榮

微尚存犢鼻何不有壚異臨邛鐏桔槔雖自持灌非山陽園井竈久欲卜枌榆猶未殘家近軒轅宅浮丘丹液寒三十六峰前草堂築高原綠篠蒼雪磴清泉白雲壇貢豈待束帛邀也宜丘樊儻遺鸞凰音長嘯將飛翻

登幕府山

岷源西南導東北歸海門天吳海風平白沙漾成湍瑯琊渡江來安東睨中原一代臨沂生永嘉逢險艱茲山幕府開王氣何鬱盤丹旭迎羽葆赬霞

薄旌竿襟帶畫形勝組練魚麗陳威儀春禊日鼓吹前茅還顧賀拜道左吳會士駿奔荆揚雖晏謐新亭歎河山仲父號夷吾滄波驃騎屯臨津鞠軍旅甲弩塡丘樊至今波不揚覇業奚足言將軍盛揖客登壇盡衣冠醼洒千秋人悠悠望長安

王行甫阻風新林浦待吳明卿不至遣詩相報輒申酬荅

方舟遠行邁命旅將何之姑蘇別所欽秣陵以爲期客路忽改月泝江悵睽離汀葭夕已靡沙鴇晨

仍饑淮南春尚寒崩騰號驚飀蘆岸不可泝廻艫纜洲倚烟中極千里南北悲湫瀰游吳謝東檝歌郢弦南詩行子念故人一寄風波辭跬步吾阻隔伏枕空凄其石尤會吾意榜枻酬相思

秣陵卷之一終

歐虞部集

秣陵卷之一　九

秣陵集

嶺南歐大任楨伯甫著

七言古詩

酬王敬美解官後以秦中碑刻關洛紀游見寄

綠髮朱顏王敬美，家學東吳一才子。七經教授如司馬，四方掌志爲外史。都講三鱣從此升，解官竟爾還鄉里。始爲長安寄薄游，鄜州西去更延州。軒轅石傍橋陵過，姜女祠看峽水流。思洛轉能尋白馬出關誰得駐青牛却愛三花登二室便從七月發扁舟諸篇紀勝廣聞見拂衣殆歷中原遍孟嘉何用從事郎張翰蚤謝東曹掾絲竹惟知近自然尊罏聊且適吾願籠筐不入舴艋中三秦碑版歸裝半故人別君已二稔散局辦官猶拾瀋君知嗜古癖未除兼兩相遺盡霞錦蟲書頗解辨金戈鴻寶故難私玉枕青谿署裏吏事少時以一編供晝寢移來免寄北山文舊刻新題卷帙分襲之和氏連城璧署以郇公五朶雲講肆此時多馬隊墨池

何日有鵾羣他年儻就逍遥論解帶披襟一共君

秦淮卧雪齋

晉家東府城臨流萬竿竹雪溪騎尉君今在秦淮曲淮邊夾水柵爲塘朱雀門前舊有航數椽劉獻先生宅寧似蕭蕭卧雪堂

湘中曲

雲中君雲中君九疑猶隔萬山雲曲中欲寄千行淚澧浦沅江誰得聞

零陵香零陵香露濕羅襦結帶長釆釆前溪歡不

見爲郎扶檝下瀟湘

金陵曲

三山二水帝王州南朝昔日愛風流朱扉畫棟鴛鴦殿綺翼雕甍翡翠樓槃上金燈停白鶴壺中銅箭咽蒼虬薰鑪蘇合頻移座羽帳流蘇半上鉤嬋娟夜向牕前度傾城二八留人住一曲能歌揚叛兒誰家更有莫瓊樹碧玉何年始破瓜可惜風光蕩子家不羞竝命嬌春鳥願作同心照日花點黛圖黃紛旖旎褰芳拾翠鬬繁華桃葉豈堪留幾月

竹枝聞已下三巴惟有釆桑南陌裏使君五馬車曾止夫壻東方千騎歸君看日暮紅塵起

江中桂檝曲

千里飛流通楚煙三津濁浪引巴川西南揚子源何極一望瀰漫桂檝前羊角颸馳吹鏢雨魚鱗雲起合搖天遠見青龍浮浦上乍疑白馬戲濤邊檣動相風烏並轉纜移立堠鷺齊牽孤樹蒼茫難辨影驚湍蕩漾不成圓何處榜人歌扣枻更逢津吏醉持船艑遇輌峩知賈客髻梳倭墮學江僊漁童

畫自催鳴鼓姹女時能工數錢底事狂夫書不到

別離經歲又經年

淮南小隱歌贈陳徵君

君家舊在無諸國白頭來作江東客衣裘久已厭

奔走道路何嘗關權隔一身自許漁樵羣有子况

是文章伯拄杖欲披煙霧深支茅獨剪雲霞落秦

淮流水柵塘斜百尺松梯雪浪花誰云鍾阜周顒

宅不似烏衣謝尚家君不見天津橋南築糟丘何

如金陵城西之酒樓丹詔玄纁雖有召且留江上

白蘋洲

黄山引贈鄭子陽

黄山之高四千仞嵬哉岌哉呼吸上與青天近三十六峯連斗牛巨靈贔屭東南鎮軒轅昔日乘蒼虬浮丘容成曾共游鳥書蟲篆不可見琅玕芝草空能留瀑飛百道霄漢下水晶簾掛雙龍湫五色恍有金銀闕僊乎一去三千秋鄭君僊才古風格幼學丹青工水墨師山之後大雅人梁園老作諸侯客家近焦村百里間天梯雪石尚堪攀藥爐丹

鼎軒轅宅摘得松花可駐顔借問鄭君何日隱虎
頭巖下縛柴關上餐天都半夜之沆瀣下弄石橋
千折之潺湲洞中之人把瑶草玉書招爾黄鵠還
我有芙蓉三尺劒贈之歸來兮崑丘蓬海之儃山

相逢行送李山人君實游吴越

獨客久卧薊門雪君先旅服游瀛渤相逢可醉金
陵月君已扁舟泛吴越從來交契無後先誰爲詞
華問工拙秋風颯颯不可留江上蒲萄酒初潑吴
越稱詩待俊人只今開府有詞臣投刺能容爾處

士買山幾住郁嘉賓君才跋扈幽燕北揮毫磊落見風格篇裏言言金石聲篋中卷卷煙霞色一時把袂誼最深三月裹糧興何極倏然鼓櫂出新林不及張燈永今夕青山回首石頭城鴈蕩天台拄杖行儻因西笑懷千古便待東歸賦二京

贈長干心上人

心公祝髮松樹前素菴法主衣鉢傳拈花一笑授持久曾是靈山會有緣是法西來世何極白日本暉暉流水長瀰瀰我自有真心奚勞向人覓般若

光明證虚寂摩尼珠現鄣東色

孫楚酒樓歌 有引

按孫楚字子荆太原中都人才藻卓絶爽邁不羣少欲隱居年四十始參鎮東軍事後至馮翊太守負材不羈相傳其酒樓在金陵湮没已久明萬曆壬午秋新安王寅從白下張維間　國初魚鱗册莫愁湖畔有酒樓遺址欣然尋之邀余作歌余觀金陵自晉以來南朝故蹟往往名存而某水

杲丘蒼茫莫辨是作也因二子憶于荊殆

亦淵明記桃花源之意云

五山不可到十岳竟未游凊狂誰如二子者崎嶔歷落毋所求不從朝歌理尚平之杖笠却來金陵尋孫楚之酒樓我聞英絢之姿是孫楚誰容漱石而枕流征西司馬官不薄扶風記室交未酬典午山河日分割酒樓人已名荒丘山東才子愛明月裹巾更著紫綺裘石頭城下沽美酒吳姬扶醉秦女謳澄江淨練望吳越此事便足三千秋只今王

郎張郎亦詞伯訪古好奇挾圖冊城西鼓擢女兒
湖醉覓子荊舊榛棘玉竿空歌零雨篇繡衣不見
迎船客噫吁嚱百尺之樓何處無君其問之李太
白

雪中青谿館梅花盛開夜觀王山人艮林所
遺畫梅障子贈以長句

金陵城中五日雪千里瓊瑶遍吳越荒齋小閣耿
疎燈竹榻紙窓似明月起看窓外青谿濱玉艶珠
霏朶朶新兩京麴塵十年宅誰能移此羅浮春延

平山人王仲子昨朝遇我長干市鐵榦縱橫氷斕絲僊葩亂灑桑皮紙窓前畫障窓外花一時併在省郎家詩無水部當年句興落溪翁半夜槎我將南問嶺頭驛君亦東歸刕津客記得揚州官閣詩寫寄閩山玉華色

海上三山行爲唐仁卿父毋雙壽賦

君不見南北漲渤一水通扶桑萬里初日紅蓬萊瀛洲與方丈黃金宮闕雲氣中三神之山可望不可至船行往往引以風澄海東近扶桑東霞冠星

佩唐僊翁陳姥秀笄六珈貴重封偕老顔如童華
堂結構開耆壽煙波綰帶滄津口鸞歌鳳舞軒轅
丘包匭菁茅雲夢藪錯衡文轂擁路衢莪弁振纓
向庭牖雕盤繽紛翠釜馳金支閃爍珠旗走翁姥
齊歡此日觴象筵歲酌長生酒僊郎計部萊衣斑
蘭滿階墀玉樹環安期巨棗紛將獻王母蟠桃近
可攀君不見阜鄉亭下赤舄還千歲求我蓬萊間
且向天中覲雙闕還來海上訪三山

西園席上贈毘陵譚士朱懷南

一飲一石疑淳于乍談乍諷似方朔不須送客獨相留朱生言言盡諧謔忻逢紀在秣陵西白浪尊前瓦官閣

皋鶴篇有引

司空尚書省中有一鶴三至予署廳引吭長鳴昂藏欲飛示以輕舉之狀予感其意爰賦斯篇

秣陵一夜商飇起散露凝霜萬餘里九皋有鳥號胎禽日盼嶺雲睨江水憶從羽翮長毰毸十載廻

翔紫禁來曾陪朱鷺聽僊樂幾逐銅烏繞帝臺丹砂頂愛江頭浴白雪翎羈省中宿戀闕雖馳北望心思鄉毎奏南飛曲跟蹌遼海路霏微何須人識是令威浮丘縱接嵩高去緱氏臨霞不似歸歸去兮有雙翼四百峯前阿耨池三千年後軒轅石秋月兮嬋娟秋風兮翩蹮君不行兮何遲吾將期汝朱明耀眞之洞天

臥佛臺歌爲張計部君簡賦并序

臺在濱州築于宋太平興國二年昜爲民

居已久今歸于張氏計部君別業所標勝者也因為短歌以續林君朝介之作

渤海城中臺百尺臥佛佛牙紀幽蹟麗譙前聳古郡名滮池半帶滄波色東望茅焦有隱居西臨千木舊精廬省郎起家地官氏藏寄臺中萬卷書臺邊翠栢手所種槐陰滿庭護雲栱花開紅杏席茵游蔭借蒼藤張幙擁我行住岳泰岱中觀濤亦過溟渤東辟疆名園更栽竹拄杖將尋張長公

賦得天都峯贈高𡹴州

黄山秀拔青冥中天都之峯何穹窿高居特室羣真集玉佩珊珊慶碧空嶙峋直上三千丈星辰可躡日可望風落鈞天帝畤前瀑飛積雪神皐上名山雄鎮胡爲哉明牧應求濟世才華陰京兆徵恢出石室成都待朕開濟陽高君豈其亂麟符作守新安郡五馬紆臨紫氣遥尺書名入甘泉近君不見容成氏浮丘公行隨絳節軒轅宫　聖主明堂朝列辟豈勞旌馭過崆峒

秣陵卷之二終

秣陵集

嶺南歐大任楨伯甫著

五言律詩

張羽王自楚中寄題蘧園適聞其藩相之報

次韻慰答 二首

下雉椷書到荒園待結鄰餘皇荊自棄章甫越徧親我愧謀生計君今失路人厭聞裾可曳丘壑實藏身

知爾愁驅馬何人遣牧羊歸仍張鷹竹產乏葛家

桑小苑驕梁客雄風答楚王千秋君自愛赤管似差强

張秋病中遣悶

舟航便卧疾衾枕屢曾移鼓枻謀多拙彈冠老自疑東皐三歲賦西署幾篇詩儻乞殘生去躬耕尚未遲

邳州遇周比部子仁北上

波聲流不息何意遇君時橋指留侯碣河通漂母祠雙旌看北轉孤棹向南移握手他鄉别彤雲寄

所思

下邳尋圯橋授書處

黃石書何在斯人竟不還門低濁河樹家遠穀城山百戰寧虞楚孤軍蚤入關空悲泗亭水日夜自潺湲

清江浦酬許虞部伯漸

京洛曾相問才名似昔賢甎勞漕艦使舊督水衡錢淮月頻吹笛河煙一扣舷慚予新病後攜手是何年

送俞公臨遊楚

風急臨滄觀勞勞送客頻鄂花吹笛侶江月刺船人倚相今名楚安期不入秦著書君好在何處臥荊榛

次韻答姚伯子京口見寄

沿牒趨南署尋盟憶大淮琴尊勞爾待丘壑寄吾懷樹引雲陽郭江通海岳齋應能憐曼倩金馬尚詼諧

答金在衡問病因懷伯子

老去故人少書來問負痾伏生經可授姚合律如何京口黃花酒江頭白髮歌相將一携手高閣望滄波

送何光祿判永州

零陵千里路君擁白門騶旗引監州客帷搴別乘侯三湘開嶽館百粤遶江樓爲政先風詠翩然紫蓋秋

經冶城憶亡友盛仲交

蒼潤軒猶故斯人不可招如何西序客老作大城

樵書帶秋零落牀琴夜寂寥一編封禪草誰奏

聖明朝

挽陳子野

秋早聞君病吾來哭蓋棺垂綸江雨急邀笛閣雲寒階下蘭先悴屏間竹未殘不知何事業人作太丘看

送黃比部翰伯擢守廣南

鼓吹臨江發王程去莫攀驛傳丹鳳詔馬度碧雞山僰客爭供稅碉門不用關中原開府地飛旆幾

時還

寄胡秀才智卿

汝兄向子道力學識君賢散帙青山下持經絳帳前鯤鵬今已徙騏驥不須鞭喜得通家弟風雲正少年

承恩寺訪楊維五何惟聖不遇時蜡月八日

尋君臘八會不遇竟空還落葉一燈下寒雲雙樹間溪棲知淨理強出媿清班納祿吾猶晚惟應學閉關

花朝對雪黄白仲蘇子仁倡和見寄因用其韻

快雪未共賞小齋空自看雲沈桃葉渡玉照竹皮冠酤酒晚亦醉勒花春更寒山陰人不至何以報琅玕

送倪公甫渡河訪朱子得

訪舊寧辭遠春深濁浪低衣裘修武北風雨太行西郡閣吟紅藥山家杖赤藜天壇君若到欲寄白雲題

寄朱懷慶

豈謂長安別飄蓬各遠哉君方懷魏闕予亦下燕臺河内褰帷過江東鼓棹來秋鴻應早度好寄八行裁

春日同張侍御伯大衞比部君大登龍廣山亭限韻

春晴一以眺亭子足清歡風日當佳麗山河此鬱盤城分吳苑色花送晉宫寒不是霜威促何能半醉看

金處士姚鴻臚邀同許奉常雨中飲飛霞閣

地迥高霞入城孤宿雨沉萬家春樹密一逕晚花深頌酒頻招賞游偃偶息心欣逢鸞鶴侶何異在山林

訓黃定父陸元德過江相訪

別君經十年爲我問江船羸馬銅街雨新鶯紫禁煙披襟留竹下理詠向尊前雙舞毋催去春波正可憐

送張侍御伯大赴闕

勞勞亭下別北上偪春風搏海莊生鳥還都鮑氏
驄雲霄今最近詞賦獨稱雄封事江淮計君行奏
法宮

送胡繕部明卿考績赴京

立馬秣陵觴金隄柳萬行奏勞看水部封事認臺
郎鞭弭風雲上冠簪日月旁繞朝還有策春色在
明光

寄朱孔炎宗侯

十載河間學三雍奏玉除篋餘前代草閣有秘方

書隱几冠仍䈺清齋食是蔬西園最相憶飛蓋更
何如

送袁仲思還閩應舉

君自汝南裔家多閩越書靑箱修世業赤管待公
車海月帆光裏江花鏡彩餘游卭還建節人識馬
相如

送李比部廷實守興化

烏石推名郡儒風大海隅行應持鵲印恩已賜麟
符子荔紅雲島侯梅白雪湖看君飛蓋日詞客待

操觚

哭李駕部歸櫬

共惜輿司馬都人聚哭號天心何殄瘁王事竟疲勞丹旐城邊雨青舲海上濤錢唐歸葬日風木正蕭騷

送顧君實遊南雍還上海

槐市傳經去東歸不可留繡襦明月佩金埒少年游海燕迎鄉路江花照客舟子雲憐父黨相憶白門樓

有方齋爲許徵君作

出告遊非遠耕鋤十畝餘承顔思問寢食力命巾車陶令餠惟粟班生賜有書羨君歡綵服蘭玉更誰如

夢歸

應世吾何翫誰令未拂衣三江雙桂檝五嶺一荆扉羈紲名爲辱蹉跎夢毎歸豈因灌園日始息漢陰機

王元美聞予轉虞部見寄二首

爾宅金庭近樓居夏亦凉智鋒揮宿障慧炬照迷方桂爻貴禺外茅君句曲旁山虞應可笑豈是漢馮郎

遊僊勞遠夢招隱寄操觚壇下毛公石帆前范蠡湖學將綵小品書未著潛夫黃鵠空相望翩翩肯載無

送沈秉忠還錢唐（時大司馬銅梁張公奉敕便宜行事一日弭兵民之變杭城晏然）

君去問桑梓驢逢兵氣銷月從天竺寺秋入海門

潮酒舫歌迎客漁家醉答樵秣陵游可憶倘得似

南朝

送衛比部君大守溫州

握得麟符去誰知請郡情漁樵歌五袴郊遂望雙

旌白雨江心寺青楓斗口城瑯琊王内史猶重永

嘉名

送馮孝廉咸父北上

斗酒青谿曲君行謁玉除家傳緱氏學年少洛陽

書御宿春飛騎承明夜直廬他時看趍節何但漢

相如

周鴻臚汝礪李太僕孝甫王孝廉永叔過谿

上

留客秋偏暑江東艇未行煙霞頻矚目蘭芷一交

情醉問賢人酒歌殘子夜聲五君誰更詠且傍竹

林名

答錢功父

建業孤舟路維揚幾歲書長鞭愁策馬尺素問烹

魚曲奏吳趨市玄留蜀客廬秋風苦蕭瑟隱几與

何如

吳駕部公擇齋中同臧晉叔錢仲美二博士翫菊

興來吾不淺問菊進杯盤分得朱門色移從粉署看金枝燈並照玉艷雪爭寒欲奏山薌曲秋風向上蘭

同周文美游宗振集顧司勳宅張幼于適至得來字

清夜僊曹約華筵竹下開周顒携客至張翰狎盟

來雅共三觴飲歌逢九詠才劇憐乘興遠忻賞更徘徊

同方鴻臚張太學集許太常宅限賦堂字

風流建業盛耆德甲江鄉賓客仍碁墅煙霞似射堂字從楊子問酒愛次公狂騶騎何勞促寒宵玉漏長

張太學幼于劉大理長欽顧司勳道行胡孝廉元瑞枉集徐氏東園遲李臨淮惟寅不至共賦心字 二首

江東詞客至高會主家林鵲起中原日鴻冥異代
心並驅皆上駟照座半南金厭次今方朔爲郎尚
陸沈
賜園名杜曲邀客到山陰絃管歌中合魚龍席下
吟石曾驅海至谿似入江淚驃騎難同賞空馳徑
寸心

山亭再餞伯大同幼于道行用唐人韻

白門一相送斗酒緩君行窗樹霜初落離亭月漸
生山通巴子國驛過錦官城立馬空凝望寒江浪

正平

同顧司勳張太學蘇陸二山人夜集吳駕部

齋中得蒸字

知有酒如澠西來興可乘歌能嘲飯顆醉不答肴

蒸霜送高城析星搖小院燈江東皮陸後誰得和

松陵

雨後黃都水道登李司封于田邀同張太學

幼于飲徐氏東園限門字

林竹過秋繁雨聲宵更喧酒能携石井車自問籬

門彌曲前朝寺谿溪太傅園扳留勞秉燭頻得奉清言

除夕和顧司勳

天涯驚節序鶴髮日偏長寓直金陵歲思歸粉署郎辛盤歡舊俗濁酒醉他鄉鼓吹江南曲春來滿建章

雪中送吳拾之還金谿

客裏驚分袂詞人正少年游稱吳季子詩似謝臨川落雁帆檣側溪江雨雪前雲林歸有賦早寄秣

陵船

送尤計部被播暫歸閩中

行色候春星閩峰九疊青省蘭初入握江草已楊舲書笑中山篋關迎醉尉亭　主恩今不淺趣召在宸扃

送卓長習還杭州

業成槐市日鼓篋豈云勞去泛三江棹歸看八月濤季長猶賦頌仲蔚且蓬蒿漢室需才急秋風起鳳毛

聞朱評事可大自汝州量移崇德

昔送灕陽去今看檇李來除書何日下遷客未須哀署裏郎官舊關東任俠才白門江鴈過思爾數登臺

送來僉憲濟時赴西粤備兵梧州

爲郎同舍㸃冠豸羨君行塞上遥開嶺畔祠曲抱城請纓趨府客吹笛下江兵甌駱勞招諭千秋漢使名

上巳陳右父金道存聶道亨何惟聖吳載伯

黃伯仲過集得歌字

青谿修禊事尊酒興偏多宅近陳中令人猶晉永和積蘇初似樹鳴鳥半成歌留客無絲竹君能不厭過

問夏繩卿病

尊生知有道猶遣問寒溫司馬常稱疾東方更避諠荊榛蒼石几芝术白雲園君向醫王學清涼自不煩

暮春姚唯之鄔汝翼方康侯李季宣陳季廸

來閶闔曉方闢筮篌秋莫哀更逢推轂日漢主最
憐才

同省中諸郎遊莫愁湖登樓上

酒樓不可問舟子載琵琶殘黛諸隄柳遺鈿五浦
花一裘非李白雙槳似盧家湖倚郎官賦寧勞異
代誇

初秋吳幼安佘宗漢閔壽卿陳守禮郝謙亭
程孺文黃白仲梅季豹集青谿館汪象初
祁羨仲不至得千字

客過漫郎宅依然不似官榿林通崦曲茅屋傍陀
干白雪芙渠酒秋風苜蓿盤兩生期未至猶作孟
公看

送閔壽卿汪象初讀書金山寺

許詢都講去浮玉白波南海客求碑到江僧寫偈
桼匡牀開竹苑亂帙寄花龕米汁曾無禁山瓢半
夜談

送葛士隆還通州省覲

征虜亭前艇踟躕送客歸青持藏篋簡斑照上堂

衣江北帆初卷淮南葉共飛海霞開館日莫斷孟家機

秋夜同范比部介儒集方鴻臚允治署中得京高二字

衙齋涼露色誰道在陪京山近城烏起籬疎澗鹿行青鐙寒卷幔玉漏促飛觥二紀看交態談深此夕情

把酒何驩洽中原得二豪晉家方僕射漢日范功曹而我思鱸膾逢人問蟹螯江東今夜月偏照鼎

門高

子及返自滇中而予將歸嶺外感今敘昔情見乎辭

滄海十年期鍾山今在茲賜環君始返捐袂我將辭客傲亦自適吏廉而可爲欲求千古士別去謝班司

題徐朝亘課子圖

學已推文苑兒今更寧馨壁藏濟南簡家授廣川經夜誦鐙常碧晨趨佩自青豫章名父子奎斗煥

江星

夏文甫將游五嶽别於江東

夏統藥囊在向平藜杖隨溪逢三笑客岳待五游詩濟勝看能事湲棲娓夙期掛冠神武去終欲寄茅茨

秋日雨中同方允治集范介儒書齋同賦霞

倫二字

招携非夙約雨宴法曹家厨出雙樽酒圓滋五色瓜潮溝漆急溜林苑入飛霞沾濕銀鞍遠何論過

浣花

誰道山王會猶能及伯倫閉關聊翫世結社欲棲

眞蕭爽齋中帙沈冥竹下賓他宵如聽雨應憶倦

游人

寄顧元濬評事

京洛頻相訊才名顧長康官稱廷尉府閤直秘書

郎槐影夾城近漏聲雙闕長因君勞遠夢秋思滿

江鄉

大有山房爲天台黃生賦

洞闢空明上干秋委羽時鳴鴻飛欲隱控鶴去難期舊業儒林傳名家祖德詩誰知巖石臥姓字動京師

陸無從崔子玉梅季豹見過

幽期曾不遠策蹇傍溪行豈亦陳留郡能尋阮步兵鳴琴怡逸興濁酒寄浮生落落南朝客焉知世上情

送陸纂父歸洞庭山中

共問漁樵路東歸過太湖剌猶題處士書自著潛

夫麈尾談賓少魚腸借客無橘林今正熟千樹給

秋租

木末亭送孫叔達還吳門

秋興吳中去津人蹔繫舲菊花園客酒貝葉竹僧

亭問路江浮碧看山海湧青未論丘壑勝清世且

沈冥

送方伯書省覲還莆田

千里寧親舍雲霄爾不羣歸舟風欲落別路鴈初

聞嘯共蓬池客書投滄海君青箱推世業去有薦

雄文

送周公化游楚

勞勞頻送遠城下俯江流夜雨三山渡秋風七澤
游酒邊堪頓曲賦裏似登樓欲問尊鱸去吳門待
客舟

俞公臨卜居陽羨有年矣余聞其幽適輙寄
二詩

遯世荆南去芳鄰德豈孤藥畦黃蘖澗漁侶白鷗
湖兩舫携芒屩三騶對酒壚知君工筆札論可著

潛夫

洞壑應非遠移家杖笠攜井猶王粲宅山似戴顒

棲田父求綿上詩人愛瀼西他時新水長吾欲問

鳧鷖

贈邵南仲

隱操存閭史賢聲重國琛獨憐堂背樹摧折百年

心躍鯉生難致眠牛夢可尋東山能內舉蘭玉謝

家林

秋日宋西寧忠父黃孝廉白仲李山人次公

攜酒過訪得秋字

十日布衣飲西能問酒樓長楸三騎過短劒五陵游投劾吾何晚懷歸不易求馬卿方病渴猶卧漢園秋

酬彭虎少自全椒過江見訪

浦口帆初下相尋到大航攝衣花籞外把酒藥缺旁龍劒星星躍驪珠字字光仲宣書籍富應不待中郎

邵長孺自吳門過別因寄無過虞仲

談君十年事猶是馬相如科斗題周記瓠盧餉漢書歸停青雀舫去問白牛車舊好應能憶朱明有敝廬

訊少廉孟白無從公臨校書寶光寺

校籍開龍藏誰將馬隊看筆牀猶傍暖書帶未應殘居士元金衆諸生尚鷃冠石經何日就江左似長安

梅禹金見訪青谿

宣城何自至建業始能尋數問勞修謁相逢結片

心梅花寒氣早楓葉暮江溪欲把朱絃理聽君白雪音

答宋忠父黃白仲雪中飲擊筑齋見懷

誰道梁園客偏能寄所思霙初飛藥籞霰已積書帷引筑歌相和盈觴醉共持自憐溪閉戶猶似洛陽時

同朱倉部次夔携酒過唐民部仁卿宅得花字

夾轂問君家疑從杜曲斜御河街裏酒宮閣雪中

花攊炬喧饑馬城笳急暝鴉嚮來論去住吾意邵平瓜

除前二日同陳山人爾瞻集方銀臺允治齋中得儒字

逢君蒼玉佩封奏漢庭趨台斗榮新秩江湖剩老儒春聲官署鶴雪色禁城烏有客金錢會何勞問酒壚

送劉計部克和何起部師名考績同册北上

兩省推賢最三年入　帝鄉俶裝輕道路理詠共

舟航鳳闕烟光紫鴛班曙色蒼漢家逢盛事同日奏長楊

寄吳縣傅明府伯俊

茂宰蘇臺日詞人歷下生才名馳上國問訊過陪京卜夕移花宴行春帶雨耕思君題一札遥寄闔閭城

雨中李惟寅宋忠甫邀集馮虛閣同吳公擇方子及諸君得游字

沾濕銀鞍去行從小隊游苑花迷塔寺江靄薄城

樓館似雷居士園稱沈隱侯開尊仍此地百代更風流

千雉雞山側丹梯到上頭石能縈細蔓閣自俯長楸淨土高僧社清時大雅游雨溪春草綠猶自足淹留

寄方山人景武時從戚大將軍在嶺外

薊門傳尺素白下久相聞學似陳書記行隨霍冠軍嶺雲朱鷺曲江雨白鷗羣秋晚吾將去扶藜一問君

酬王尭載過訪見貽

詞客淮陰至江頭把臂遲枚乘工作賦薛漢雅言詩鞭弭猶相及簪裾未可期疎麻雖欲贈何以報瓊枝

王尭載周渭陽薛世和沈孟威枉集

一逕莓苔滑開關聽馬嘶齋頭散平楚城曲帶荒谿過雨蔬能剪微醺酒屢携蕭蕭曼容宅應記白門西

方子及李于田邀陪吳明卿同陸無從方仲

美集天界寺驟雨過得山字

載酒因詞伯相携蕭寺閑雲來常滿閣雨急欲沈山淨土蓮花後新林竹樹間誰令許玄度扶策夜深還

聞譚侍御子誠述衡岳之勝輒欲游矚

玉衡開勝域金策寄靈蹤鄧郁何年隱劉虬幾日逢霞光飄紫蓋霽色上芙蓉聽得昇真訣松梯九萬重

誠意伯劉國禎招飲同鄭光祿趙舍人集

宗稷勳臣舊君稱文武才簪巾牟祜出筆札谷雲來芝曲從人問松醪爲客開交游餘二紀重上秣陵臺

寄田子藝

鳳乎千古士君但漢田郎老作申州客官猶博士堂陪游行橐筆起草入含香戢羽吾將去分飛媿鴈行

寄何子啓山人

青鳥來三島金庭近五湖游仙携綠玉飯客具彫

胡世業能編竹閒身欲據梧繇衣君自樂繞膝更

雙珠

湯義仍至聞丁右武已次揚州時鄒爾瞻疏
比部三月矣予將歸嶺外留贈三君子

江東文物盛千古足吾徒豈必周司樂何傷楚大
夫鴂雖憐遠客馬自識長途欲待羣賢賦秋風已

憶鱸

太博曾封事都官尚諍辭風霜千字掞江漢九歌
遺但可袁絲飲寧知賈傳悲扁舟吾引去何以寄

相思

何仲雅訪予普德寺

逢君邂逅日山裏律僧家名士歸平叔徵君識若耶葱蘿戀似帶巖桂鬱將花淨土寧勞約恒河一聚沙

寄丁元父

鱗羽不相及姓名先已聞烟波鄂渚客井牧海陽君浮筏牽江水開葱過岳雲便應青瑣謁能憶白鷗羣

秣陵集

嶺南歐大任楨伯甫著

五言排律

遷居青谿周文美以酒榼至

西廨頻遷次爲郎拙可知宦游三署轉家具一車移潘岳宜猶寓周顒到未遲宅邊尋菊把溪上覓尊絲慣懶旋抽牘㦲痾从廢詩鍾山今正近猿鶴莫相疑

寄陳貳守在璞

十五年前別題書謝不能鬱林開盛譽營道喜先登詩憶參軍府ㄔ惟大郡丞蒐兵收上策勸頌紀中興夢去曾攀嶽心期在飲氷春來歸鴈早何以報金陵

春日鄭子陽陳爾瞻沈秉忠過集齋中得長字

童子鈎簾起啼鶯乍過牆日高花氣暖風細柳絲長棐几時焚蒳荒齋亦理觴客能從蔣詡郎自老馮唐竹下通溪徑谿頭出大航雅游因此地何必

讓清漳

答姚玄徿十韻

雅游逢白下菀圃舜稱雄賢哲千秋事歌辭六代風君家儈坦後世業秘書同持槖爲朝士揮毫自國工秦淮桃渡側晉苑竹城中池解迎山簡門曾過孔融蹇余思嶺外薄宦滯江東帙束詩頻寄尊開酒易空顧園閒欲造蔣徑可能通倘得留傖父無勞酌次公

夏日周公瑕馬從甫陸成叔同集悅上人禪

房得書字

嘉會逢休沐城南枉客車竹溪三徑裏松偃六朝餘貝葉齊詩筴蓮花照梵書詞華青玉管禪誦白雲廬棐几涼蕉石清齋瞻蔔蔬逍遥持論後玄度意何如

答陸成叔雪中見懷

朔風千里至霰雪滿江天客集璇房裏詩裁粉蒳前竹光驚歲暮花片似春先城照龍沙月溪飛鶴沼烟兎園新有賦虎幄久無氊玉馬思常郡銅駝

望酒泉梅清何遜句葹綠沈郎篇奚獨承嘉藻瑤
華媿報牋

康裕卿輓詞

詞客東嘉起悠悠燕市閒行孤肱自曲唫苦鬢先
斑始遂丘樊樂俄驚電露閑橋花殘石磴榭葉滿
柴關筆掩羣鵝沼書藏二鴈山漢家求禪草應待
所忠還

夏文甫周稚尊張康叔薛世和馮伯延吳允
兆汪象初黃說仲張汝弦九子見過得長

字

羣公敦夙好携手問潛郎落日青萍在秋風白髮長馬卿雖翫世張翰已思鄉禪理閒差勝詞鋒老漸藏秫花猶未釀菰米但堪糧將客聊開徑呼兒稍進觴苑連涼竹密溪近野蓴香招隱還題館鍾

山傍草堂

聞朱憲使丙子宜人卒於潼關寄輓十韻

書來凄楚日掩鏡恨孤鸞玉匣傷春晚瑶粧罷夜闌把簫空有憶撤瑟不成歡篋鎖芙蓉帶奩收翡

翠冠舊緘仍壘漬遺挂斉香殘嶽雨銘旌濕闕雲

帟帳寒哀能毀壁賦心更隕珠酸宜人卒時朱公轉官汾上幼子竟天

羸博魂應返千秋亭名淚幾彈悼亡汾水上歸葬

淦江干梱得留彤管松銘奕代看

傾蓋亭八韻

嘉會自不偶賓來蓋可傾亭因開徑築樓以看山

成珠樹門交翠瑶花井並清呂園能共灌鄭谷欲

溪耕隱已携萊婦游寧學尚平畦蔬當列鼎家釀

足飛觥頗有棲林約猶多置驛情憐予曾宿客再

訪辟疆行

送楊鹽城肖韓名入戶部郎

七載瓢城令田荒澇未乾河隄行使者鹽瀆學農官井里謳歌起江淮保障完　皇家勞計省賓從待詞壇籌國談漕粟逢人賦握蘭西山秋色好知爾到長安

秣陵集卷之四終

秣陵集

嶺南歐大任楨伯甫著

五言絶句

羅山九可詩

四照羅城色山牕納白雲萬峰皆不隔遥揖武夷君

右可仰

烟淲斸山木負薪輒沽酒儻窺石上碁視汝柯爛否

右可樵

濤湧雪成灘星石縮其口誰來選漁竿約此溪中友

右可釣

成都沃野桑彭澤公田秫擊鼓歆豳詩樂歲農功畢

右可耕

釀熟山中黍包羔宴比鄰獨醒非所願樂我羲皇春

右可醉

抱甕行灌蔬桔槹寧復用園葵一飽餘栩栩南牕夢

右可蔬

富有萬卷藏抱書時閉戸不逢堂下人焉知斲輪悟

右可讀

鄰多素心人太樸求吾適耕穫自有餘似是桀桑客

右可儉

世業已千秋明農不待求橋邊黃石在留伴赤松游

右可隱

題文休承萱花

樹萲爍庭花風日當清晝衣以斒斕來持獻北堂壽

題繡佛齋圖

衆生無上道開示方便門非法非非法齋心禮世

尊

題宋人繡達磨像

東行震旦年渡蘆帶江色見性成佛心影幻中嵩

壁

觀顧道行所藏面壁圖

神力不思議如如本何動稽首世尊前一悟九年

夢

朮海寺石壁

山開儀鳳門江斷盧龍石三宿昔年人泊舟總陳

迹

薛世和寄慧山泉

九龍谷中來貯月青谿曲山瓢汲古心江天賦懷

陸

顧司勳齋中二詠

鋤

烟客以鐵耕霞起赤城日泰山老丈來共種中林

木

竿

湘竹供我釣月明下江門扁舟鳴櫓急持過桃花源

曠視樓

浮雲盪胸過遠照延矚明江山極千里信美登樓情

擁翠樓

刈岫滿窓中翠色飛林杪因之聽松飆卷簾坐清曉

題丁南羽畫吳明卿雲山氷井圖 二首

鶴下丁生筆齋頭到公石六月乍清涼婆娑玉華客

虢鑪何所用注兹玉晶盤陰山雪欲下榻畔鳴琅玕

秣陵集卷之四終

秣陵集

嶺南歐大任楨伯甫著

七言律詩

赴金陵留別都下諸公

芳草垂楊引斾新一官回首七經春祖筵戀別停韋曲去騎驕嘶過洛濱小陸不堪羈宦日大梁曾是倦游人他時若問尊前客老向江東憶紫宸

楊村驛逢朱可大謫汝州

天涯何意復追懽把袂蒼茫別更難傳舍共憐遷

客去路人猶作近臣看孤村濁酒臨河醉五月征帆帶雨寒汝洛相思千里外書來不用歎南冠

登天津城樓

高城秋氣已悲哉一出金門驛路催天遠漁陽青燧斷日斜滄海白雲來江南十郡荒何捄遼左諸軍戍不廻百萬材官今扼險胡琴羌笛未須哀

濟州登李白酒樓

汶上何來旅服游至今猶足想風流殊方賓客空詞苑萬里河山一酒樓供奉花溪秦地月酣歌星

散曾門秋誰能不引中原目金馬銅駝迴自愁

留城望沛上

沛中一望似江鄉使者南來問渺茫何代雲飛浮芒碭異時河徙築宣房關山四塞咸陽壯湯沐千秋泗水長最是漕渠勞軫念灌輸誰以報　君王

燕子樓

舞從掌上罷新權化作烏衣夢亦殘單翼不堪尋閣道雙棲寧復傍闌干彭城落月枝枝恨濉水秋風歲歲寒何事蛾眉怨顏色古來惟有報恩難

玄武湖隄上

十里玄湖背郭斜馬頭片片落山霞荒渠早下昆明鴈小籞秋開御宿花蘋末悲風搖柾渚蘆中輕舸出平沙樂游舊事那堪問惟有長楸起暮鴉

重陽前一日同陸來何吳魏胡黃郭范諸曹長閱留都城還上天壇眺望

城開天闕俯江隍何但黃山半夕陽節近偶來持菊餞恩深猶憶賜萸囊青葱玉樹甘泉色零落彤胡太液香誰向商飈稱賦客萬年豐鎬頌　高皇

答馮咸父

翩翩年少雅能文，老媿西窓白練裙。士論共推諸謝族，邦人爭識小馮君。建康柳色停金勒，長樂鍾聲散白雲。若到谷陽操管日，過江魚鴈好相聞。

贈郭封君題其二圖

西江南斗暎岧嶤，僊客誰如郭四朝。衡岳赤虬飛戸牖，匡山白鹿下雲霄。洞經魏姥曾親授，社酒陶公不待招。簪黻奉恩黃髮老，婆娑寧但侶漁樵。

右衡廬兩峰圖

白首緇帷不下壇一編元自足盤桓書傳絶學蟲爲篆家隱名山鶡是冠草閣幾人題玉笈竹林諸子薦銅柈西昌更有長生籙願奉雲亭歲歲歡

右鶡冠著書圖

同宋膳部惟一余太史伯祥過姚太守敘卿齋中看菊得殘字

霜天下馬一尊殘把菊溪秋興倍懽揺落未應同澤畔風流今尚在江干烏衣舊宅通花市錦石高齋傍藥欄笑問東都白居士許携賓客幾囘看

唐民部宅餞劉大理長欽考績北上

酌酒黃花此夕情久從海内得劉生引經豈但推儒術結襪因知借客名月傍林烏玄武署霜彫江樹秣陵城九霄宮闕長相憶彩筆還來賦二京

寄吳叔承

絲髮朱顏四十春清班侍從拖朝紳起家已作青雲客結社還從白岳人芝术山中年自給鷺鷗谿上日相親漢廷我亦東方朔君到金門憶小臣

齊王孫園餞郭相奎曹長出守潮州

急管嬌歌醉月明寒宵猶共秣陵城文扶八代潮州去詩擅諸曹水部名南問舟航津樹合東看樓櫓海煙平不知幾日王程路何限兒童竹馬情

聞王敬美關中督學乞休還吳下

入關去作半年游拜疏歸來豈復留山徙瑯琊東武日門開安里射臺秋靈威丈人堪共酒貞白先生不下樓我亦陪京家漸近乞君一杖向羅浮

冬至齋居次張侍御伯大韻

定鼎鍾陵俯大川郊丘練日盛才賢沐蘭禮備精

禋裏燎玉誠將奏格先泰時風雲開禹甸周廬星斗望堯天齋郎聽得陽春曲猶媿西臺寡和篇

送宋膳部惟一考績北上

寒城出祖大江濤會是從君水部曹稍轉雲司勞削牘更移蘭省借揮毫星前入奏燕山近雪後趨朝漢殿高計最祠官應戀闕可能歸及薦櫻桃

除前一夕吳叔嘉黃白仲夏繩卿過集得杯字

逼除風雨歲偏催寂寞蓬門爲爾開梅萼似將春

蚤到椒花能與頌俱來江干日月寘鴻羽海内賓朋濁酒杯豈是咸陽猶客舍夜闌燈燭一徘徊

立春日同諸僚集黄都水督蘆署中

筵開西署綺窓寒何限梅花水部看絳雪不妨銷夜燭青絲猶自簇春盤憶從北闕千官會馭得東皇萬國歡誰道紫宸車馬隔由來江左舊長安

人日同許奉常用杜韻

獻歲日逢人共喜過江星與使同看航頭南署曹雖簡闕角東風帽不寒醉後五辛頻對食歌中雙

鋏幾回彈客卿老問清卿業敢向明時更說難

答金山人姚鴻臚人日過飲

杖笠相尋竹逕斜客來猶似入煙霞溪曾西府沿江宅墅豈東山學謝家大隱自堪論世外舊游何必問天涯尊前記取人爲日開到官梅幾樹花

答俞公臨沅州見寄

天寒江上路初分消息勞將尺素聞吹笛故能陪漢將楊舲猶自弔湘君洞庭曉色魚龍陣沅浦春風鴈鶩羣公子翩翩王粲賦西來詩可寄從軍

因滇中使寄方子及

五載南音楚執珪相思更在益州西開邊異代通華馬奉使何人祀碧雞客戴次工能共醉蠻封麽娑請留題還君鞭弭中原日莫恨昆明聽子嶲

春日同金處士姚鴻臚集許奉常宅

一軺吾尚傍風塵江左衣冠半隱淪六鵲並來崑圃客二龍誰似汝南人尊前寄賞同看竹賦裏懷歸不待蓴爲是舊游容入社可能無意橘花春

右次奉常韻

秣陵一別十三年許掾能開玳瑁筵何限江山經六代未應賓客讓羣賢春聲前起金壘側眞氣東來玉杖前遥望崑崙山下路問誰田者是元先

右次鴻臚韻

淸卿宅近秦淮畔春滿西堂愛客過交以通家論孔李詩曾佳句逼陰何披襟石上靑雲遠把臂林間白髮多誰共千觴酬勝會醉來吹劒一高歌

右次處士韻

郭次甫往游玄嶽過金陵見寄用韻遥答

片帆不住楚江舟蔡嶺西尋最上頭金澗松杉千瀑下玉霄臺殿五雲流書成薤葉僧能乞杖借椰枝客共游肯過茅君雙白鶴願從人代訪丹丘

次韻酬陸無從因喜李季常歸自嶺外

舊學君魚轉是師竹西一赴十年期法曹尚憶梅花閣隱士多能桂樹詩頻向江波烹鯉腹似憐山月妒蛾眉北來漸有羅浮信爲訪磨崖問叔之宋王叔之有游羅浮詩故云

春日集許奉常倪蘄水姚嘉州于青谿別署

官橋楊柳鬱青青繫馬留賓濁酒缾鼎族谿東曾
鵲起詞人江左半鴻冥桃花不隔湘宮寺竹格猶
通驃騎亭五百里中賢更聚荀陳何事亦干星

銅梁張中丞自上谷入爲右司馬遠承書問

因登石頭城奉寄

虎踞城邊鴈未還遠傳歌吹入燕關十年出佩扶
陽印九命趨歸太尉班幕府重霑新雨露鼎門能
記舊河山南曹已隔賓庭履花滿江頭鬢漸班

白下逢王比部幼文使還吳中兼懷沈比部

箕仲

趨朝同聽禁鐘聲日出彤墀一字行我自分司稱散吏君今銜命下陪京青旛南布王春令白紵東歸子夜情天末故人如把袂五雲回首鳳凰城

答方永叔兼懷朱子厚

白下音書久未通勞題尺牘問飄蓬才人宛洛風流在公子夷門節俠雄雙闕曉雲籠楚樹萬家春雨滯江鴻東都作賦非吾事絲筆偏能讓國工

訪廖中郎不遇酬其贈篇

興來策馬不相期病後封書報汝遲故事盡傳都水部詞人能誦廖公詩臥游宅裏圖南嶽行散江頭望太濶碁墅酒樓應可問綠楊西路竹簽差

寄顧少參益卿

斗城千雉海邊開曾是南征戡定才西部兵符山越過右軍詞筆永嘉來波驚近寨惟吹笛月滿高樓數舉杯我自江東看白鴈可能傳得尺書廻

白水草堂爲朱子厚題

南陽貴人紈綺閒閭道王孫善閒闕校籍名高天

祿閣著書家近陸渾山桃花水長渟爲鏡竹箭流分曲似環客有八公曾到否藤枝芒屩可能攀

太醫令周一之歸葬吳中王元美爲銘其墓

慷慨中原俠客魂銘山猶有故人存蛟龍尚護干將氣狗馬誰蒙敝葢恩落日啼烏悲薊樹西風歸鴈過吳門塋前極目千家邑能爲停舟酹一尊

詶馬從甫見投因懷林邦介

裹糧三月下江東漫憑曾題短刺中有道出能游太學季長名自起扶風家惟白簡文無害世以青

箱業更工共識林尊經術貴石渠高論幾時同

酬佘明府宗漢過金陵見贈

帆落江干聽瞑鐘七閩詞客忽過從一冠書就猶爲鷃雙劍函來盡是龍租舫故應逢謝尚草堂吾已媿周顒不知傲吏游何處期爾茅家第幾峰

答臧博士晉叔荊州見寄

昔從法署頗經年尚記持觴芍藥前南郡儒生勞絳帳西京賓客待青氊登樓賦倚荊江月握管書題郢樹煙留省爲郎頭欲白憶君何日奏甘泉

送馮京倅致仕歸華亭

彬彬漢代孝廉同，納祿書馳奏法宮。鷗泛未忘滄海上，鱸肥先下大江東。龐眉尚得遷都尉，騤足何勞薦治中。是處名山皆可隱，杖藜吾亦待秋風。

王仲房吳少蒙吳翁晉梅季豹過集遲用公瑕殷無美不至

江左千年調轉孤，秖堪長嘯共吾徒。可能省署開文苑，未必河山邈酒壚。涼入蒹葭黃鵠起，酣來風雨白龍呼。東方且結金門客，囊粟誰曾問有無。

同方鴻臚允治集李臨淮惟寅宅

宅依雙闕紫微垣世閥岐陽幾代孫江左旌旗開幕府信陵賓客過夷門藺書龍護宸章閣竹樹鵷棲御賜園聞道青谿曾拂石南來猶得共芳樽

中秋郭次父陸華甫周文美陸無從胡伯昂何長卿李季常安茂卿陳從訓黃白仲陳季迪梅季豹過集得長字

高天月轉薜蘿牆握手驚呼白髮郎鵁鶄觀臨淮水碧鴟鴞司傍蔣山蒼歌翻南曲秋當半客滿西

池夜正長斗酒十千君但坐莫令離索念江鄉

次夕李文仲孫齊之姚伯道羅伯符王元方程子虛汪仲嘉馬從甫黄思素吳大覺過集得逢字

草堂西曲白雲重尊酒寧知此夕逢何限歸心思息鷁敢於詞客競雕龍萬家明月江城笛千里驚飈磵寺鍾宋玉未應搖落恨劒光秋已照芙蓉

答陳太守思貞見寄

孟公賓客未應稀謝病爲園早息機論讞有人求

故府薛蘿中歲遂初衣江頭烹鯉封書到洛下思鱸釣艇歸君記藏烏楊柳樹何能不向白門飛

和答宗侯芾斯見寄

飛蓋何人問病夫八行傳自孟陵奴江湖已賜諸侯履歲月先藏大國符校籍西京勞子駿著書東觀名騊駼報君一札頭將白天遠柴門客夢孤

送蔡祠部爾通守寧波

祠官今比玉壺清銅虎符分向四明城近丹霞褰幔過山潑白鹿夾車行治裝貲遣惟輿學責劒催

耕不用兵十郡應推循吏上漢家何日召持衡

從光大鄧忠父臧晉叔鄭孟承錢仲美五博

士典試留都秋日見過

長安星散舊交稀馬首今看道路輝聘趙才應收

白璧過江游更聚烏衣疎狂我抱秦人策獻納君

趨漢主闈蹔可相從南菊醉不堪天際北鴻飛

同來何賈魏黃徐李諸省丈游燕子磯

瑟瑟秋風吹落鴻聯鑣登望有羣公星分甌駱懸

朱鳥江合岷嶓引白虹睥睨北連山樹裏樓船東

向海雲中雅歌欲答昇平樂雙槳尊醪幸不空

登弘濟寺觀音閣

摩空佛閣鬱崔巍乘興諸郎約不違瓜步片帆江似塹蔣州千栅石爲磯履曾西去無消息馬自南來有是非誰共謝公風浪裏秖堪沉醉笑安歸

九日同方鴻臚允治蔣光祿淑四游徐氏園

載酒亭西曲逕通商飈一望雨冥濛寒濤半落三江渡秋草難尋六代宮碁墅頗曾邀謝傅習池能不醉山公齊盟敢負京臺約翠竹黃花尚可同

送祁羨仲鄧德咸何學繩鄺若欽陳鳳甫李季宣林開先諸子赴試南宮

西風彈劍氣翩翩半似陽關送別年赤羽飛龍新入蓟黃金圖駿更歸燕參差閣道重城裏沆瀣波太液前公等定驚相見晚不妨同日奏甘泉

區用孺高正甫王永叔崔子玉赴試入都別之江上

秋晚公車待詔行詞人筆札滿西京奏書已有三千牘函璽寧論十五城金埒柳溪遙策馬玉河花

簇醉聽鶯白頭轉憶追趨地何限江干送客情

別吳叔嘉黃白仲馬從甫余食其四子

一時詞客起彈冠何事交滾去任難江闊片帆瓜步遠天高雙闕秣陵寒歌中白雪曾同調醉後黃花尚可看六代風煙分手地贈君惟有碧琅玕

同顧司勳道行張太學幼于夜餞張侍御伯大還蜀

鍾阜城邊數騎過離懷耿耿對星河朝臨楚岸雞聲早秋入巴江雁字多楓葉吹來行自聽竹枝歸

去和誰歌天涯可道輕分手其奈關山怨別何

方鴻臚邀同許太常張太學飲齊園

奉常典客雅稱詩才子東來不可期曲宴幸同漳水會名園況似洛陽時席邊月冷松猶茂籬下霜彫菊未遲我亦自扶消渴後十千平樂醉何辭

寄冢宰王公二首

台衡星照赤麟袍家是王祥有佩刀霄漢雙飛鴻鴈字風雲並起鳳凰毛龍門史待抽金匱江左才應讓絲毫從此衣冠傳盛事駟車爭看里門高

靑雲射策重名儒競爽誰如二子殊杞梓荆南千
歲幹驊騮燕北五花駒荀郎表里知家學韋相傳
經在　帝都遥想曲江春醉後應隨華履闕庭趨

大司空曾公新加宮保寄賀　二首

鵷班鳴佩掖門東郢國于今秩最崇相以司空開
赤社　恩加太保侍　青宮閤中秘有新裁詔槖
裏藏多舊賜弓八座首承三命貴一時經術獨稱
雄

山陵使者漢臣尊丹陛酬功禮數繁挿羽瓊條絫

鼎位延芳珠樹傍台垣錫圭更綰中書印拖玉頻趨太極門回首鬱葱佳色裏早攄忠藎答　皇恩

答李裕德黃元光見寄

家山何處望丹梯念我頻勞尺素題官媿董郎栖白社宅猶江令寄青谿移文猿鶴心偏遠歸夢鄉關路不迷儻許相隨靈壽杖大科東北鐵橋西

至日齋宿省中值雪同諸僚作

千官齋祓祝蕃釐七日迎陽肅盛儀望入漢宮雙露掌擁來江苑幾鑾旗飛英半似花林夕鳴玉猶

隨月覲時聽得僊郎歌白雪何人不和郢中詞

送張曹長仁甫出守淮安

竭來東省共爲郎畿輔君行綰郡章正借張綱平海壘誰云汲黯臥淮陽萬家畚鍤防河急十道均輸轉餉長問俗勤耕功不細召歸何以奏明光

哭黎惟敬　二首

南北銷魂已黯然誰知掩淚向江天傷心別路三千里回首浮雲五十年粵隱獨先持海釣楚游曾約問瀧船他時縱聽鄰人笛只在山陽竹樹邊

典秘能辭侍從廬歸人爲我一躊躇痛溪張掖門
前別訣絶梅花社裏書稷下舊游那可得茂陵遺
草更何如望鄉未把生芻去策馬西州限有餘

癸未元日和許奉常作

舊京元會傍丹霄雪照青山玉作橋雙闕風雲隨
劒舄十年江海夢漁樵長生豈但思餐栢上壽惟
能學頌椒郎署馮唐頭已白自憐何補　聖明朝

初春過悦上人遲恩公禮公

杖藜江路雪方消獻歲初過善世橋爲許阮公持

白馬便逢支遁論逍遥山寒竹樹鳴蒼玉㥯暝梅
花照絳綃今日長干禪藻盛風流何必減南朝

送泰寧陳侯被詔馳驛還都

龍驤百萬寄戎機六傳飛揚北上時路遠風雷驚
鼓角江清魚鳥識旌旗洛師已報功宗禮曾頌今
歌燕喜詩雲暖日高貂冕入未央前殿望罘罳

答王百穀見寄

長安携手問游梁曾憶同時謁建章開閣爾爲丞
相客過江吾媿尚書郎遥知羔幣辭蓮府老向騶

車負草堂明日東歸變名姓儻逢梅福在吳閶

送沈憲副徵甫備兵江西

銓管清曹羡握蘭五花驄引繡旌干論兵名蚤標麟閣持憲權新壯豸冠章水天浮諸郡出匡廬雲落九江寒卷簾不必舒長嘯秋色還能散帙看

送鄭兵憲克漸赴嶺西

外臺使者出東曹攬轡寧知度嶺勞蠻府鑿關臨萬壘漢兵横海發千艘鐵冠道路清霜肅銅柱風雲白日高平越威名從此盛漁樵今已息弓刀

同汪主客李司封遇周計部元孚飲江上

把袂何期白鷺前行吟憔悴也堪憐柳花香送吳姬酒桃葉歌留楚客船沙際鳴榔迎海汐城頭飛帆宿江煙青青蘭芷思公子不是湘潭惜誓年

青谿館春晚答吳翁晉見寄

江上秋風送客槎封書能寄子雲家病中諷詠曾焚蒳別後星霜一折麻白練飛來天目雨紫蕺開過秣陵花金門傲吏抽簪晚欲向朱明噏九霞

方鴻臚允治吳駕部公擇顧司勳道行李司

封于田過集青谿館

春色鳴珂滿舊京一尊谿上薜蘿情儘娛山澤琴中散誰許英雄酒步兵檻俯流澌通急溜簾開疎雨過高城同時幾似操觚客何但甘泉侍從名

許奉常見示八十自述四首次韻奉壽

嘉靖中興十四春南宮第一奏名新迴翔銓省方遷秩出入容臺已乞身丹穴九苞飛鸞鷟青山十賚長松筠何須禽尚相將隱自是羲皇以上人

投閑蚤得養修齡千丈翩躚海鶴形松子舊封江

上鼎鴟夷長傍井湄瓶周家禮樂卿爲月漢代煙霞客是星拜老西雍鳩杖健　君王不用給芝苓一謝明光草奏年及門羔鴈擁書筵思玄請老張平子學道辭侯葛稚川關下有人能望氣海邊何客更求僊五龍睡法曾相授閑向松根枕石眠

鍾阜崚嶒日漸高申公八十是今朝長生林裏春偏茂偃蓋壇邊雪不彫閣貯文章皆琬琰家傳簪笏半雲霄稱觴盛有江東客南極星明頌　聖朝

金山人在衡九十有作次韻爲壽

辭爵東陵盛代民青門瓜地豈全貧　五朝世異
陶元亮十畝耕如鄭子眞守德故應忘寂寞居閒
何用厭緇塵若論江左風流事誰似昇平九十春
雙鬢蕭疎雪未侵高年粟帛詔初臨伏生隱待求
書使居士修成出世心但可敲氷餐白石寧知鍊
藥煑黄金兒孫繞膝皆蘭桂一曲賓筵更一斟
身是神僊自不知況逢熙皡　聖人時城盤龍虎
山爲嶽宮現金銀海似池洛下曾陪諸老會淮南
奚羨八公祠更開十袠方瞳碧玉杖雲邊賦采芝

送宋兵憲惟一赴閩中

南征慷慨佩吳鈎組練三千擁上游襟帶七閩開

大府弦歌百越似滄洲白龍尚控無諸國銅虎猶

勞案道傒儻問梅花吹玉笛故人相憶在江樓

寄致政區溫州

東嘉大郡解簪裾七十銜　恩賦遂初肆水鳬鷗

迎進艇崧臺麋鹿待懸車家辭句曲先生祿山就

龍門太史書三鳳翩翩前上壽丈人安坐樂何如

李君實萬未夫范藏卿余無且林僊客丁君

朗梅季豹枉過同賦

江天漭沆石城隅文苑誰知在舊都金埒長楸頻走馬白門新柳尚藏烏辟書競起趨三府歸興偏思寄五湖別後中原吾自遠可堪南望客星孤

報華存叔書問兼寄明伯

尺書勞問大江濱赤日紅塵老此身貧似庾郎惟有韭歸同張翰亦思蓴已營織畚棲山宅還約楊帆渡海人高士二何猶念我慧泉將訪草堂新

陳玉叔雪坡草堂

楚客才名桂後冠西堂字字是琅玕園多積雪歌仍起臺似陽春和更難竹樹江沱移艇入梅花雲杜引觴看中原何限蒼生望留得東山待謝安

喜郭侍御還南臺

賜名旋於放逐餘郭丹風采更誰如亭邊客認埋輪使輦下人傳諫獵書葵藿寸心懷禁闥雲霄一日走鋒車已知　主聖容臣直咫尺青蒲拜玉除

過吳幼安窺豹館同余伯祥姚敘卿陸無從

白下稱詩舊有名愛君文杏館初成壚頭一醉狂

奴態七首雙投國士情詞賦雁行推漸長江湖魚
服敢相輕蘋花荇葉堪攜手何用浮沉托外兵

王比部茂欽使過留都追送江上

海內人推謝法曹南來使節讓揮毫詔函寵借金
陵重詞苑名因歷下高登岱一鞭開曉色渡江雙
斾泛春濤送君回首新林浦寧得相攜解佩刀

寄趙計部夢白時監倉天津

一出銅馳幾望京詞人籍甚趙郎名文推鄴下劉
公幹狂似陳留阮步兵清嘯高樓遮海戍轉輸連

艦發津城逈波雙鯉無因至何限中原尺素情

酬西寧侯宋忠甫見贈

珥貂誰似大將軍年少翩翩雅好文庭抗魏侯隆客禮家銘鄆國伏羌勳角巾江艇臨流水手版山腮看白雲借問越公名位重幾能筆札到河汾

送劉侍御汝弼謝病還閩

江頭驄馬散鳴珂賜告還山奈樂何一給參苓雲臥遠十年冠蓋陸沉多披襟夜月調琴曲把酒秋風入榜歌南實家林雖可戀青蒲丹地莫蹉跎

同李惟寅載酒江上訪朱貞吉得村字

中壘名家漢庶孫扁舟棲泊傍籬門山開烽火樓前路雨暗江潭苑外村擁被鄂君猶共泛弦琴漁父最堪論千秋此會誰能定淚竹垂楊對酒尊

送貞吉游吳下因酬原韻

辭祿離家樂自躭竟將蘿薜易冠簪君能問路來江左予亦歸心向嶺南城外不妨劉尹出舟中今得謝公談姑蘇東下堪乘興玉霤金庭更一探

寄寧夏張中丞助甫

重臣開府赫連城戲下新屯百萬兵大赤獨持勞遠檄飛黃先躍授長纓賀蘭曉望風雲入花馬秋深鼓角行畫取鎮番牧漢地張家何但受降名

懷高升伯陳伯符二博士

嶽立儒林二子名别來何以報同聲江花毋憶華陽館薊鴈頻飛白下城赤管著書眞汝事青山高枕得吾生天涯璚樹憑誰寄秋滿瀟湘問去程

齊王孫同春園

卜築秦淮似鄴中賓游飛蓋幾人同竹林此日延

諸士桂崦何年下八公汎荇波搖江苑碧臨楓山照石城紅白門烏榜猶相望賦有南朝六代風

方鴻臚允治方子及范介儒二比部杜集青谿館得鴻字

紫綺裘披朗月中谿頭猶得一尊同謝家墅遠風流在孫楚樓高莽蒼空何處關山聞落木二年江漢送飛鴻相逢且醉涼秋色酒客今惟十數公

同方鴻臚飲許奉常樓上並賦秋字

南朝名勝自風流幾度能隨許掾游舍下蕭掺二

逕色城頭睥睨一江秋鍾山蕙月頻褰帳句曲松
飈近滿樓別緒漸憐今夜酒百年惟憶醉鄉侯

江東送黃説仲

軺傳今逢盛漢年青雲挾策氣翩翩客卿雙璧全
歸趙國士千金半入燕七首獨持名嶽上壚頭曾
醉大江前五陵任俠君方少應笑揚雄老尚玄

送姚繼和赴臺幕

過江曾不羨爲郎一幕西臺列栢蒼谷客詎能齊
筆札謝家元自識琳琅班聯執法皆鵷侶詩許參

軍且鴈行握手尊前南北路扁舟吾亦下瀟湘

題余伯祥溪雲閣

鍾山盤礴世臣居溪色鱗鱗照綺疏燈下仙人藜是杖閣中太史竹爲書勝因六代開林館會似諸儒講石渠雲氣飄然凌欲上漢庭誰並馬相如

送沈孺休還雲間曹仲行還錫山

鼓枻秋飈江上寒東歸何處不盤桓二泉玉甃行堪汲三泖銀濤去自看白練已書留舊館靑梅曾弄憶長干風流豈在南朝後人識儒林子夏冠

石城外哭吳評事

一官廷尉府中趨丹旐飛飛出舊都匹馬未能號返櫬炙雞何自藉生芻虎賁豈必邕猶在國士應知紹不孤獨有故人扶病後西風雙淚灑平蕪

寄吳虎臣汪仲淹二子

豈干曾有尺書裁木末芙蓉兩度開紫氣青牛何日過朱霞白鵠半天來將因夜月乘租舫可及秋風過釣臺倘入名山還報汝江南空憶大鄣才

送大司馬張公自浙中應　召還朝　二首

漢家重見勒銘才玉壘銅梁秀色開欵塞曾驅羣
馬入行邊親掃二庭來湖山開府兵初解劒履趨
朝詔已催兩浙安危功不細征南碑更表崔嵬
便宜有詔伏專征杭越南來愷奏成雪白雙鈎臨
海落波從萬弩射江平視師裴相行淮甸籌國留
侯入漢京鵲印鸞旗飛傳急早紓　明主錫圭情
宋西寧忠父黃孝廉白仲李山人次公夜過
得澠字
蓴鱸歸不及張鷹橡栗餐猶勝杜陵齋裏已圖山

似洛溪頭誰送酒如澠醉堪溪夜歌招隱老敢逢

人問代與公等他時懷倦客七松高臥石門燈

題姚敘卿鳳麓草堂

鳳凰臺倚　帝城隅五馬歸來宅一區與寄自堪

同謝傅隱居何以學王符航臨驃騎新成館苑接

江潭半帶湖誰爲清時頻勸駕十年功已賦三都

送劉兵憲長欽赴滇中　二首

秋憲能文似馬卿璽書尺一奉西行版收君長三

千部旆入丁男十萬兵邛杖至今通越嶲樓船猶

自會昆明鐃歌好奏從軍樂僕射何妨是父兄
廷中新賜豸爲冠馬首爭迎鏤玉鞍緬甸字傳軍
府令吐蕃書獻内庭看霜飛藤笠秋偏早風送蘆
笙夜不寒漢使碧雞曾未遠登樓何處望長安

冬日同蘇大理子仁方比部子及金民部持
甫臧博士晉叔李祠部道甫集李臨淮清
嘯園得宫字

西園飛葢幾人同寒色蒼茫几席中城雪尚連芳
樂苑閣雲曾傍建康宫可能賓客逢荀令未許風

流滅謝公齋裏虎頭金粟影杜陵從此憶江東臨淮

家貝葉齋有唐時佛故云

元夕同周稚尊陸伯生吳公擇臧晉叔陶懋

中諸君集西寧侯宋忠甫宅得先字

主家西第　帝城偏雪照春燈此會先孺隱芙蓉

雙雀起盤行瑪瑙五鯖傳銀釭宴合祠膏後玉漏

聲沈舞拂前公子酺觴賓已醉夜深猶欲待嬋娟

十六夜周稚尊陸伯生臧晉叔陶懋中黃白

仲宋忠甫吳孟白柱集青谿館遲吳公擇

前公臨不至得關字

草堂谿上見鍾山會有金錢節假閑酒渴我猶通漢籍詩名君已動江關苑花半襍金支裏𢠸雨微添玉溜閒燈火六街曾不散騄驛車騎未須還

十七夜同周若金儀部蔣景雲陳君實二計部集袁職方子壽宅得烟字

蕩口新醪劇可憐諸郎高宴興翩翩九微燈映橋前雪五色花𦫿署裏烟江左客游惟兎管汝南家學半魚牋黛能瓊樹還相倚猶及馮唐未老年

送大宗伯楊公謝病還姑蘇

一代賢哉疏大夫官僚供帳擁城隅鱣魚家學先名漢蓴菜鄉心已向吳將作舊勞書左省秩宗新禮在東都歸來震澤烟波闊不待　君王賜鑑湖

西寧侯宋忠甫邀往郊遊集天界寺同方子及吳公擇臧晉叔陶懋中諸子得門字

錦連錢暎九花翻朱雀橋南夾道喧舊苑尚窺阿育塔長干猶問給孤園魚文寶劒馳三市鴈柱銀箏醉五原楊柳青青還執轡不知何似信陵門

送黃助教致仕還延平

四門官貴眼中希親授諸生白虎闈講席鱣銜先已兆劒津龍躍早知歸山麏共待蓬蒿徑江鳥爭迎薜荔衣同是乞休君便得青冥吾自羨鴻飛

吳絫知明卿東游泊舟江上同李臨淮惟寅方比部子及李司封于田周山人文美李小侯汝藩携酒訪之分得孤字

冠蓋何年別　帝都石頭今始接歡娛登樓歌吹官河曲邀笛風流客舸孤坐下春波通竹箭尊前

暮雨亂蘼蕪看君紫綺裘無恙猶是長安舊酒徒

答張玄超見寄

詩似張鷹調轉孤秀林今勝隱居無諸山松響風
臨閣千里蓴香月滿湖受簡人宗秦博士著書家
學漢潛夫乞歸我謝鳴騶去短策從君五色駒

金戶曹持甫宅賞牡丹同朱倉部次虁蘇大
理子仁黃侍御唯吾楊計部士遇賦

六代風流玉樹存江東春似洛京園鍾山雲護平
章宅持甫僦宅是倪文毅公舊園金谷花開太白原艷紫幾看

搓蕙帳嫣紅猶自媚蘭尊威㲖豈必驚顏色何限詞人賦釆蘩

送顧憲副道行赴山東

豸繡青春五色驄使君齊魯更歌風文今禮樂三千盛國以山河十二雄碣石濤飛猶夾右岱宗壇在舊升中　主恩豈但勞持憲尺一東行仗鉞同

同吳公擇方子及臧晉叔宋忠甫餞顧道行石城舟中再賦一首

幾載爲郎共陸沈東方千騎忽駸駸尊前細雨江

淮路賦裹浮雲海岱心陳臬君猶工握管望鄉吾
已學抽簪秋鴻儻念離羣客家在朱明洞更深

送宋西寧忠甫入都

白門柳碧大江清慷慨乘春向北平鼓吹濤聲雙
旆起樓船山色九河行魚牋共賦三千客虎幄曾
談十萬兵貂玉翹歸朝請日濯龍車騎在西京

寄戚少保

貂冕臨戎慷慨多　朝廷南顧更如何齊中兵法
尊司馬海上樓船待伏波蓮萼純鈎衝斗出桃花

探騎蹴霜過軍前吹笛門生幾誰似陰山勑勒歌

送張以孚赴召虞衡郎兼寄周郎中鐵員外

賜環恩已出龍樓宣室今蒙漢主求世有玉堂新

制作才稱蘭省舊風流露華望入金莖曉涼色行

逢碣石秋水部我慚南北遠梅花誰更念楊州

吳明卿從吳中還泊金陵午日同方允治携

酒邀集佑聖觀方仲美適至分得高字

楚客東行五月濤故人騎馬待烟皐赤符迎節新

開觀錦纜牽江且繫艘齋裏塵清林雨細城頭風

急海雲高白門豈料重携手握取菖蒲對濁醪

題楊太宰桃花嶺

海上花開半嶺紅仙源應與武陵通天將衡鑑谷
山宰世以安危寄令公啓事建章朱樹側歸心度
索綺霞中恩渥正在弘農日詎但名園洛下同

得朱秉器汾上入蜀書時予將歸嶺外口占

代柬

使君叅省大藩侯三尺今持入蜀游綿上雲移汶
領日峨眉雪照劍門秋趨朝簪履曾相憶開府旌

旗不可留漸隔翱翔天路遠更能竿牘問滄洲

題張司馬巴川草堂

仗鉞仍簪柱後冠珊瑚樹且掛漁竿岷山流遠江成字巴嶽雲深谷似盤篳展新青桃竹滑尊開重碧荔枝寒晉公已拜裴中令銘鼎西堂歲歲看

酬沈士範見訪因寄季豹禹金泰符

鳳毛一日起千秋不數東陽八詠樓乍對頗談科斗字相携頻典鷫鸘裘航頭賣曆猶朱雀江上聞歌似白鳩君去諸楳操管待風流吾自憶宣州

寄楊山人維五酒

白首無機似漢陰桔槔閑掛在中林鱣堂講授諸生業虎洞沈冥百代心盤蕨自堪供歲久杖藜何必入山深一尊且壽羅浮酒莫笑疏家少賜金

聞沈純甫以尚寶丞召入志喜有作

鳳城芳草暎垂楊尚憶從君典鸘鸘氣奪將軍迎長孺疏扶名教擊安昌入千未若征蠻戍萬里今遠奉璽郎我向江東思握手夜憑星漢望明光

中元夜鍾給事道復招同陸文學伯生李孝

廉季宣雨花臺翫月得香字

高臺一上散蒼茫歌吹何期共夕郎氷淨競傳希逸賦風流新挹令公香夜疑海上開龍藏涼入江頭湧鴈堂坐久天花還欲落萬山秋色照持觴

寄李龔美比部

李家供奉筆如杠夢裏相隨騎毎雙我向青溪開竹館君歸丹水放蘭艭呼來鴻鵠將棲岳采得芙容自涉江四百峰頭秋可到封書須寄白雲牕

上疏得請述歸

掛冠神武去何疑征虜亭前出祖時江上鷺鷗頻
有喜丘中麋鹿久相期自憐顔駟年垂老誰道楊
雄力未疲今夜青山雲臥穩可能猶夢漢官儀

寄李本寧太史期游棲霞句曲聞其已從豫
章新安過吳門予將渡江次石頭待之

東游聞汝訪靈威廬阜鄣山策幾揮天地可容雙
劍合風塵吾乞一筇歸江邊待客歌持檝漢上逢
人問息機已約茅君秋月下藏書須到石門扉

御史大夫姑蘇袁公新拜春官宗伯賦上賀

篇時余南還

彤墀鳴佩秩宗尊一歲三遷是　主恩周樂奏歌

惟有札漢臣家世幾如袁朝來山色尚書府秋八

江聲白下門公去趨朝吾益遠直從南斗憶台垣

秣陵卷之六終

秣陵集

嶺南歐大任楨伯甫著

七言排律

寄大司空郢中曾公十四韻

雲夢風清麟鳳出，祝融天啓八千期。幼齡德器傳三楚，壯歲才名冠四陲。製錦受徵賢令起，含香入奏省郎推。闢門策駿趨秦士，燕地攻駒走塞兒。已向奉車嚴僕正，更從授鉞統戎麾。占烏蜀幕迎開府，飲馬巴川待誓師。充國諸屯留戍久，孔明五月

渡瀘遲將軍即壘平都掌元老銘勳勒九絲夢名
灌壇祈父後星寒貫索大江湄疇咨遂正冬官位
宅揆應逢　聖主知眷以股肱承　簡命眞看五
十拜台司朱提宣賜緘文綺紫誥疏封照赤墀遥
想衣冠爲壽日正當霄漢被　恩時陪京尚隔瞻
槐棘延首河山寄頌詩

元美兩以大京兆少司寇　名不赴奉寄一

首

客於江左卜行藏　帝以明公重建康曇院已聞

朱草秀弇州何處白雲長赭衣可得逢皐呂青史
奚由數趙張憲府空溟慈雨望鞠城猶指法星祥
辭天有疏頻會上翫世無心老更狂仙自千年吳
市卒人今一代魯靈光聽松便欲追弘景辟穀應
能學子房恩許烟霞棲海曲詔分芝朮給山囊丹
函綠檢書初就玉霤金庭路未荒我亦拂衣從此
逝羅浮寧但憶吾鄉

秣陵卷之七終

秣陵卷之七
二

秣陵集

嶺南歐大任楨伯甫著

七言絶句

題杏花春燕圖寄潘居實兄弟

河陽不數種桃家紅杏天邊一片霞誰似毘山雙燕起翩翩春醉曲江花

送何長卿往江西兼詢同伯宗艮用晦貞吉孔陽諸宗侯三首

南來名士得何顒篆學秦斯隸漢邕一舸圖書前

路去大江秋色照芙蓉
尊前十日我曾留君去追隨亦雅游最憶豫章勝
鄴下西園飛蓋滿南州
雙魚書不寄江干應問南曹水部官病後青谿曾
弄笛梅花吹送秣陵寒

題畫梅送黎文學君實赴新城

春到東巖萬玉斜青氊寒映廣文家氷枝把贈羅
浮色認是江南第一花

文德承小景爲陳季廸題

千尋浮玉有高臺雲氣多從樹杪開攜客版橋橋
上望片帆西向大江來

答姚元白折梅見寄

十載揚州更蔣州依然春色在江樓新詩并與花
俱到可是來從白鷺洲

次韻答黃白仲毘陵見懷二首

寒溪汀樹鬱蒼蒼歲晚扁舟尚異鄉何事詞人能
寄憶風流江左媿周郎
震澤鴻書不可聞布帆猶在白鷗羣青谿谿畔南

朝宅官閣梅花正待君

雪中看杏花

十年貂帽薊門寒醉折梅花帶玉鞭雪過石城猶是客曲江春傍馬頭看

徐氏東園玉蘭花

萬玉林中送艷香纖腰束素舞霓裳何年移得藍田色春在朱門十二廊

積慶庵逢無極講師

師今八十玉毫熒松下華嚴一部經可是許詢都

講席天花頻落竹青青

王氏園看牡丹同唐民部仁卿作 四首

烏衣巷口問王家池籞輕風一駐霞抹擻長安春色裏南來猶憶曲江花

習池今在小長干魏國傳來紫牡丹不用新紅臨水照醉時還倒接離看

亳州只數薛家園聞道延州紅最繁記得汴都三十種盡歸周國憲王門

洛中曾爲看花行綵檻移春尚滿城君自蘭臺稱

賦客可令江左似東京

寄余司理明復

安石榴花梔子齊秣陵城下聽鶯啼相思只隔長江水人倚高樓震澤西

贈吴立之謁選入都　二首

敬亭山館五車書謁帝承明有直廬酒態故憐嵇叔夜賦才能讓馬相如

江頭一繫孝廉舠能爲秦淮幾日留三尺芙蓉君自佩何人不識是純鈎

送禮上人遊北嶽

君躡丹梯第幾重玉符應在最高峰翩翩玄鶴知何處遥聽恒山半夜鐘

哭沈太史君典 四首

登朝初遇漢恩寛正色危言百代看誰料承明終不返江南天自遠長安

游雖燕市酒人來書是西京賈傅才一自敬亭星殞後滄江鴻鴈不勝哀

過江有約竟何如片語千秋事總虛需臆他年聞

篋淚可憐未報秣陵書
我來不及與君游宮錦曾聞醉石頭豈但羊曇門
下客至今何限哭西州

別吳翁範翁棐翁晉兄弟三首

孝豐鼎族姓爲吳爾祖聯翩二大夫世德延陵今
不乏更看文藻冠三都
壁立中丞第一峰後來疊出玉芙蓉河東從此稱
三鳳汝水何勞羨八龍
丹山鸑鷟越公兒孔李通家贈我詩別後天涯定

相憶儻能江左寄璚枝

顧司勳席上送游宗振還莆田

顧榮賓履盛如雲爾去南尋滄海君儻憶江東未歸客莫令鴻鴈不相聞

王仲房游金陵却歸南原茶隱贈以四詩

山人自號大盧君綠茗清泉臥白雲笑殺餔糟啜醨客尚留名姓世間聞

人識先生潭上園菟裘新築向南原奴供茶竈僧供米學得遺安似鹿門

燕趙齊梁一蒯緱邊關裘馬五陵游渴羌不解羔兒酒只註茶經作隱侯

大鄣延帶竺羅間未信巢由亦買山老去風塵機已息赤松黃石待君還

題孫漢陽折枝花

銷銀綴錦似聞香婀娜潑烟暎畫牆爲奏清平供奉曲折旋應得侍君王

雪夜見梅花寄袁光祿二首

玉瓣梅花色更新嶺南飛送兩枝春袁家官似東

京口洛下今非臥雪人
寄問中朝光祿勳馬頭春色喜堪聞江南雪過燕
州去纔見梅花便憶君

吳駕部公擇齋中聽李生歌得聲花二韻

二十年前李節筝吳郎今有隴西生隴山鸚鵡隴
頭水散作歌喉窈窕聲
江風嫋嫋江月斜一曲猶聞玉樹花莫問南朝歌
舞日尊前誰似李明霞

姚玄徹折梅見寄憶隆慶初從君家市隱園

看梅已十五年矣今至金陵二載未游茲園因記朱子价憶梅昨夜下西洲之句輒

酬二詩并呈其尊人鴻臚用博一笑

憶梅昨夜下西洲寄我雙枝過隴頭自笑看花猶有興却憐詩不似楊州

憶梅昨夜下西洲市隱園中萬玉樓姚家花勝張家竹尚許傖奴幾度游

送張山人英甫還永嘉二首

西風把袂白門前回首長安二十年舴艋漸分牛

渚月薜蘿歸去鴈山烟
君自東甌處士名五言誰更問長城青楓白鴈江
霜色何限蒲帆送客情

大雪省中對梅花懷李司封于田
鍾山南署玉龍蟠帶得羅浮一樹寒誰謂分曹猶
隔舍今宵不共故人看

題畫梅寄吳子化
建康姑孰雪飛時庾亮樓中坐賦詩春送一枝鍾
阜阜江頭南望寄相思

孔炎寄漢圍令碑謂宋均石獸不可榻貽詩見示然張衡墓石斷裂猶存欲一游目用韻戲答

宗資瓦篆不能窺榻得南陽圍令碑天祿辟邪邪可問崔家題石尚堪師

子厚以樂府三十闋長短律五十篇見寄輙報一絕

鬱葱佳氣望春陵握管詞場爾中興才媿扶風歌莫答白頭江閣一青燈

寄馮文在

江天樓閣似郊居高臥楊雄一草廬他日漢庭看執戟十年先著太玄書

題書折枝梅寄馮元用叔姪二首

鍾阜巉巖玉照新乾坤何處不逢春持將水部官梅去郝寄羅浮閣裏人

梅花村裏昔曾棲千樹瓊瑶翠羽啼君見江東一枝雪憶余携手鐵橋西

送曾叅軍使還塞上

稽首降王入漢家吳羅蜀錦照胡沙漁陽正待君

還日萬馬鼙嘶苜蓿花

葛士修遺墨其兄士隆索題

浿宿茱萸灣上舟鶺鴒猶似在沙頭檢書君捲琴

亡淚零落璚花十二秋

觀誌公像

裙帽沙門負杖遲金剛菩薩去何時莊嚴笑遇王

居士字字鍾山葬塔碑

即事二首

鹿散荊榛雉翳烟官家猶算水衡錢　帝恩浩蕩春如海何但陪京雨露邊

閭里蒼生苦丈田盡更新法荷皇天雲邊尺一懽呼日四海謳歌億萬年

王之相妻繡佛續汪司馬作偈

阿彌陀佛清淨土老婆功德日繡組慈悲憫念爲永除九十九億劫罪苦

題朱貞吉蟬雀畫扇

東吳顧陸讓精工曾賜盧江小褚公敢與滕王論

蛺蝶西山南浦柳絲風

答黄白仲雨中見懷

溪淺竹密雨蕭蕭君掩高齋路不遥驃騎航頭招

隱客酒錢須掛過檀橋

從惟寅乞貝葉經

單傳直指意何如天竺經翻八解餘我向將軍龍

象御山資分得貝多書

觀舞劒

公孫弟子劒光芒臨潁家惟十二娘玉貌錦衣君

不見杜陵禁得鬢毛蒼

秋夜

江南江北露華溭黄葉丹楓寄遠心一夜歸人頭欲白故園猶隔萬家碪

題白泉小景贈李季常

飛泉仄掛半空寒石室雲扉鎖鬱盤何限鐵橋橋畔雪竹西歸去幾回看

湛上人自五臺省其師淸公還金陵

西風飄笠渡江關秋滿長干待爾還莫更十方行

乞法文殊今在五臺山

送金道存往松江

梛花樸酒驛門前白苧城頭望泖烟若共吳儂懷

粤客木蘭還送渡江船

達摩洞

浮海南行佛業興巖頭猶紀過江僧渡蘆去面嵩

山壁傳得東來第一燈

梅花水

江風摇颺五銖衣鏡作花林雪作圍春入年來池

上樹玉鱗不向白門飛

湧泉菴

阿耨池前白石壇西來一派在江干高僧卓錫飛空去雲滿山瓢玉液寒

嘉善寺

仙人臺近瞰中峰西磵招提萬樹松豈有支公談白馬杖藜吾自聽山鍾

觀音巖

普光功德照恒河此地如來十萬多心發菩提歸

淨土衆生空解念彌阿

翫雲石

璇房瑶室爲誰開五色蓮花石上臺若問此中何所有只堪怡悅待君來

金陵送黄白仲北上四首

楊子扁舟送客行飛濤春湧石頭城遥知金馬沈酣日彩筆憑陵賦二京

易水悲風百尺臺黄金駿骨未須哀浮雲不斷雙鈎色何限才人碣石來

薦引承明侍從廬西游誰似馬相如芙蓉一片酬
肝膽豈但長楊諫獵書

胡姬邀醉酒家樓意氣新從定遠侯盾鼻檄成羗
笛起曲中應解奏涼州

余太史伯祥序小集以子美同稱戲作解嘲

拾遺風力海鵬摶敢借工曹附羽翰獨有爲郎囊
屢空學君留得一錢看杜詩云囊空恐羞澁留得一錢看本阮孚故事也

夜直司空尚書省中

青綾曾給尚書郎襆被猶薰粉署香誰似漢家顏

駟老白頭歸夢在江鄉

仁平慧永慧澄三上人自燕京至四月八日

青谿齋會卽往禮補陀巖

四載難期講下僧豈緣佛日會金陵三支二朗禪
林秀解續家門七祖燈

寶海光中觀世音補陀巖上晝蕭森學人攝念無
生忍辦得西來一片心

酬鍾給事道復以泰山紀勝栝昌吟稾見示

使者天門萬里風雞鳴日出海波紅憐予曾撫泰

松樹住岳何年更岱東

白雲明月滿征鞍天籟寥寥瀑布寒讀盡君詩三百首萬山甌括馬前看

送翟從先還東莞

游吴適越興何長曾向滇南上點蒼歸去下帷中閣夕青藜來照校書郎

秣陵集卷之八終

金陵全書

乙編·史料類

白門稿

（明）陸應陽 著

南京出版社
南京出版傳媒集團

提要

《白門稿》一卷，明陸應陽著。

陸應陽（一五四二—一六二四），字伯生，號古塘居士、片玉山人、應陽生。上海松江人，生平不詳。書齋名曰『白雪齋』『九英齋』。擅長書法，以詩文自勵，喜遊歷名山大川，與一時名士交往，所到之處輒留詩篇。主要著述有《廣輿記》《鳴雁》《采薇》等十餘集。其中最爲著名的是萬曆二十八年（一六〇〇）成書的《廣輿記》。

陸應陽來到南京，是因爲受到老師黄洪憲長子黄承玄（字履常）的邀請。詩稿裏反復出現的『黄京兆』，便是時任應天府尹的黄承玄。據今人劉希洋在《病人·醫學·省思·啓示——基於明代名士黄承昊的醫療經歷》的考證，因陸應陽常與黄承昊（字履素，黄承玄弟）出遊山野，尋找藥材，經常出入朝陽門（今中山門，六朝時即白下門），並仿效李白諷詠白門典故爲主題，將南京時期所寫詩歌定義爲《白門稿》。

《白門稿》所録詩篇計六十七首，按時間順序排列，由於是私人著作，故記録了陸應陽作爲明末文人在南京的生活經歷和社會交往，以及他作爲詩人富有特色的情感生活。

其中直接與南京有關的詩篇，有以下四個方面：

其一，寫給黄氏兄弟共十二首，占整個詩稿近五分之一。如第十二首《孟冬十五夜黄履素招飲伯氏京兆署中》：『君不見白下繁華舊六朝，草生宫闕久蕭蕭，又不見烏衣王謝何舄奕，一片塵飛洛陽陌。』第十六首《寒夜不寐口占還家樂一首似京兆主人》：『衰暮誰堪久客間，從君乞守舊柴關。帆收極浦潮初上，月到疎林鳥乍還。滿座兒孫爭進酒。一庭花竹候開顔。興來策杖飛雙屐，莫問南山與北山。』還有反映他們之間友誼的，如第四十四首《黄履素書至有所口占三絶》『無邊離思托蒹葭，雲白山青天一涯。報道落花流水去，不知春色到誰家。』『爲雲爲雨下陽臺，人事風波不易猜。江外月明桃葉渡，有誰連袂踏歌來。』『可憐湖上可憐春，東望吳門獨愴神。寄語漢皋明月珮，莫因風雨暗投人。』以及第四十九首《奇雨徹夜庭餘除積水可三四尺水簡京兆主人》。

其二，和南京地方名人的交往，最典型的便是藏書家黄明立（即黄居中），如第二十三首《長至日餘以急歸不及赴黄丈明立之招賦謝兼期再過白門》：『山水金陵舊佳麗，冠蓋蟬聯高甲第。何代英雄何代存，惟有文章在天地。』特別值得一提的是，第五十七首中明確寫到了『千頃齋』。

其三，直接以南京景點爲題的詩篇有十首，即第二十九首至第三十六首、第五十九首及第六十五首，佔有相當之篇幅。

其四，南京作爲鄉試的科考之地，在詩稿裏有三首記録了與之相關的一些人與事，如第五十四首《申伯子承鼎以秋試將入都余方掃榻以待忽聞訃音駭然有作》，詩中以『有約鳳凰臺』及『三山月落』的意象，與『忽聞訃音』的駭然形成强烈對比，並以『天外雁』『啼猿急』『一榻寒生暮雨哀』渲染了悲憫的氛圍。

陸應陽客寓金陵，自然少不了『衰暮堪久』的思鄉之苦，於是『感懷』與『送別』的詩篇在書稿裏共有二十八篇。其中感懷二十三篇，如第三十八首《江上寄章納言元禮》：『燕雲吳樹可憐春，萬里心期拖托雁臣。把臂何年更何地，不堪憔悴白頭人。』『柳色青青掛石頭，江流如帶月如鈎。春風何處歌黄鳥，有客懷人獨倚樓。』『方舟曾上少微星，碧浪分攜歲幾經。君尚壯遊吾已老，五湖山色伴誰青。』送别詩五篇，其中三首是寫給申時行之子，如第二十八首中『風雨忽驚飄一葉，故人回首即天涯』，道出了别離時無邊的惆悵。

此外，屬於命題式詩歌創作的有六首，如《遊仙詩》《讀史四首》《百歲歌》《憶昔篇》等。在《對雪懷周公美》中，陸應陽借助金陵古意濃濃的場景，表達出對良吏周美先生的懷念之情：『邂逅天涯能幾度，故人咫尺邈河山。兀然雪阻桃葉渡，君不可來我不能去，白頭老子空躊躇，搔首行吟日欲暮，盧家寂寞掩重帷。湖堤已隔藍關路，望望陽臺一片雲，夢魂總入高唐賦。』

從詩稿看，在陸應陽撰《白門稿》時，年已七旬。時間在七十三歲至七十五歲，即萬曆四十二年至四十四年（一六一四—一六一六）。

《白門稿》一卷與陸應陽撰之《江行稿》一卷、《武夷稿》一卷、《燕草》一卷、《笏谿草》一卷、《東遊草》一卷、《洛草》三卷、《帆前草》一卷共十卷同刻于萬曆年間，藏於中國科學院圖書館與上海圖書館，上海圖書館藏本缺《東遊草》《洛草》《帆前草》五卷。

《金陵全書》收録的《白門稿》以上海圖書館藏明萬曆刻本爲底本原大影印出版。

金戈　譚錚

白門稿

雲間陸應陽伯生著

餘清齋即事時客黄京兆廨中

岸幘長吟地翛然老抱開桐陰清拂几月色白浮杯採露蟬初噪投人鳥不猜試詢官舍裏可有一塵來

關山月

關山流漢月夜色凜胡天乍滿疑分鏡將彎欲

控弦影搖刁斗亂光射鐵衣穿君照空閨婦心應萬里懸

雨中有懷戲簡黄京兆

枯魚坐失升斗水咄咄呼天渴欲死忽布凉雲甘雨來霍然奮翼乘風起豐城神劒埋獄底俗眼紛紛竟誰視一自司空識斗間龍光直上九天紫

游仙詩五首

陵苕無冬榮木舜不及夕人非金石軀終歲何
戚戚俯仰宇宙間意欲奮六翮東躡蓬萊宮西
泛崑崙石倘然遇眞人相將煉玉液
飛履問靈友憑虛躡丹丘飲以石髓漿披以雲
螭裘習習香風珮皎皎明月樓睎髮扶桑顛濯
足弱水流逍遥八紘外舉世悲蜉蝣
駕鶴游昆丘中都渺萬里雲生棟梁間雞鳴巖
岫裏朱顏飄綠髮云是甯封子手執青藍花燦

然啓玉齒授以長生訣三讀良有旨

西飛叩天關南望排雲闕有時騎猛虎嘯傲日

出没靈風破游塵玉膏湛人骨定性中有天冲

襟外無物碧海澄素心青霜擢玄髮何去復何

來長空一輪月

一老不復少人生詎百年嗟彼夸毗子咄咄徒

自煎豈不念冲舉問道崆峒顛瑤池謁王母絳

節朝列仙晨炊煮白石夕飲春寒泉排霧凌紫

虛御風駕蒼煙杯浮海月嘯席卷秋雲眠要之不死藥鍊形保自然

李本寧先生和余四韻意若有感慨者再答之

桂蘂招隱石城阿不少玄亭問字過人道綱羅能下士地疑燕趙有悲歌青山自適懸車早白璧寧論按劒多七字和來鷩絕調坐令千載失羊何

庭葉亂飄有感簡京兆王人時值七十三

初度

乍來桐蔭倚闌干又見霜飄葉已殘白髮自應

歸計早青山可使舊盟寒人憐歲月虛遼矢天

放江湖老鶡冠幸舍托歌非我事莫將彈鋏少

年看

黃國博明立量移黃平刺史詩以言別

天下事有不可料造物才名忌遠到國子先生

江夏君豈應偃蹇需常調絳帳譚經重馬融盈
門桃李春風中振鐸賢關進鄒曾操觚秇苑推
宗工三鱣令問久藉藉留滯周南方太息除書
闕下聞量移一麾乃借羅施國君不見匹馬西
征李謫仙夜郎萬里衝蠻煙又不見江寧王子
龍標尉蹀躞潭陽頗憔悴文章謪妒何代無達
者安問榮與枯千秋不朽江湘賦肯薄當年屈
大夫獨恨東吳老狂客天涯交臂忽相失山青

雲白兩依依雅道心期貫金石大鵬峰下多故
人憑君片語通殷勤海門望入春潮濶莫使雙
魚隔歲聞

寄壽屠更生

萬曆甲寅秋巳暮君也及耆届初度黄花三徑
傲新霜綠酒一樽香滿坐隣叟門生次第來懸
弧亭下笑顏開鸕鷀杓鸚鵡杯南山歌動且徘
徊須臾月白雙湖口一棹凌風呼百斗拍浮誰

是飲中仙長庚星掛城南柳我憶携君自去秋
碧莎谿上幾淹留與來驚散天門雨醉却都忘
我白頭我今偶作秦淮客雲樹蒼茫千里隔江
干縱有酒如澠安得就君傾一石狂奴已老君
尚强東方曉日高扶桑暮年樂事君知否直須
酩酊三萬六千場

久客秣陵懷伯東叔玄二丈

石頭城畔舊長安搔首西風去住難歲月無情

欺鶴鬢江湖有夢托魚竿他山雁字三秋杳故國碪聲萬井寒忽憶二難千里外可無尺素慰加餐

紀夢

甲寅孟冬十日之夕余卧黄京兆齋中夢至李氏伯東叔玄二丈許兩尊公並𠀤白在堂也通家道舊誼極繾綣覺而異之

感我同心友天涯阻良晤晨風渺萬里亦復乖尺素老尚客秦淮咄咄歲云暮寒霜落孤桄脫葉鳴枯樹猿啼銕佛顛月掛洛陽渡胡然清夢中了了桃源路門徑隱長林恰是相思處上堂問尊人下堂展積愫把臂深綢繆顏鬢已非故徘徊仰疎星欲去欲不去柰何擊柝子忽報東方曙

過李行初孝廉山居

躡屐叩柴荆風前竹亂鳴偶過羅雀徑因識下帷情月借虛窻白泉分一澗清悠然人境外不是爲逃名

孟冬十五夜黄履素招飲伯氏京兆署中

燦燦星河開夜色萬里雲消楚天碧東方月出南斗高何意虛堂敞瑶席華蓴兼輝青漢邊白頭偏得故人憐秋去冬來歲巳暮放杯深處幾留連十月陽和覺春早百年此夕佳會少况是

他鄉萍梗蹤肯辭一酌一傾倒君不見白下繁華舊六朝草生宮闕久蕭蕭又不見烏衣王謝何舄奕一片塵飛洛陽陌狂奴似我忘蒿萊但逢歡伯笑顔開李白酒樓今尚在人生不飲胡爲哉

秋暮言懷

散步緑幽徑徘徊破緑苔風兼秋葉下雲逐片鴻來病自閒中遣詩憑醉裏裁故園籬下菊知

有幾枝開

寄懷張仲繩文學

憐君讀書處瀟灑意何如曉霧疑藏豹春潮欲
上魚徑幽蒼蘚合林敞綠煙踈草就凌雲賦懸
知獨步餘

過方計部先生話舊公曾貳守吾郡

去日曾留泖上春省郎清望出風塵午來榻下
譚經客猶是棠陰卧轍人濁世浮沉佳會少一

樽繾綣舊交眞秋深但恐歌彈鋏獨夜思君又海濵

寒夜不寐口占還家樂一首似京兆王人

衰暮誰堪久客間從君乞守舊柴關帆收極浦潮初上月到疎林鳥乍還滿坐兒孫爭進酒一庭花竹候開顔興來策杖飛雙屐莫問南山與北山

有感

古人有名言志士念溝壑所以南州孺食貧事力作孺仲感賢妻曾不厭蔾藿拙彼夸毗子窮檐苦寂莫朝馳燕市門夕抵洛陽郭懷刺投金張十叩九見却營營馬下塵白眼嘲落魄何如一瓢飲亦自有眞樂

寄大中丞周公

公名孔敎臨川人開府江左多惠政虛心折節吳下士競趨之余獨以衰老自

避也公既去而寓書不佞曰愧非任都尉竟失一龍丘先生余讀之感可汗背

敬謝以詩

余本老褐夫干謁性所耻雲間白版扉月落烏皮几詩瓢共酒巵嘯傲天地裏何意中丞公折節思蓬累晨風托雙魚不遠致千里娓娓肝膈言自悔失一士顧非龍丘生而復掛脣齒心期敦古人雅道澹於水安問乖素交疇不感知巳

送郁伯承東還

彈鋏言歸歲已殘故人鷄黍足盤桓醉來一片
南湖月應勝秦淮客裏看
久客初歸夢亦安草堂深處酒杯寬一肩剩有
詩瓢在莫向人歌行路難

旦日余亦尾君而歸再賦

月落烏啼白門樹天寒草色王孫去百花洲外
五湖東我亦從君問歸路

客次得李臨淮汝藩書問却報以詩兼憶
其先公少保

慷慨秦淮憶舊遊浮沉天地總虛舟逼家自昔
推元禮醉尉從誰識故侯霜落佩刀頻入夢風
凄隣留幾驚秋勞君不淺田文義猶向馮生問
蒯緱

何無咎以汲古堂集見惠賦謝之余時先
歸泖上弁期下榻

舊盟泉石久蹉跎天放江潭白鷺蕠虛我盛名
慚二陸多君奇藻掩三何山林老謝浮沉態燕
趙風餘慷慨歌歸路若詢三泖上可能乘典一
帆過

長至日余以急歸不及赴黃丈明立之招
賦謝兼期再過白門

山水金陵舊佳麗冠蓋蟬聯高甲第何代英雄
何代存惟有文章在天地國子先生江夏君雲

問老友呼同志邂逅秦淮咫尺間出處蕭騷誰
得意我賦將歸君尚留陽回大塊當長至感君
折簡復開樽博飲平原多意氣奈何立馬嘶霜
天一片歸心疾於駛願君且覆掌中杯願君且
却亭前隻轉眼春皐春草青春風催動王孫騎
尋君應過石頭城鷓鴣可脫酒可貰長干橋畔
訪烏衣莫愁湖上盧家妓孫楚樓懸紫綺裘百
斗不惜青蓮醉揮筆從君擊鉢時放歌肯作新

亭淚淋漓五色奪江淹慨然弔古躊躇際

對雪懷周公美

朔風五夜鳴枯樹有客披衣寒四顧六出飛花繞坐來彷彿謝家歌榔絮憶昨青樓拉酒人金爐銀燭溫存處曲顧周郎倒百杯詩成鄴下驚七步此地此輿當此宵邂逅天涯能幾度故人咫尺邈河山兀然雪阻桃葉渡君不可來我不能去白頭老子空躊躇搔首行吟日欲暮盧家

寂莫掩重帷湖堤已隔藍關路望望陽臺一片
雲夢魂總入高唐賦

句曲道中寄黃京兆履常

五陵天濶萬山微風吼關門葉亂飛懸榻未寒
高士去離歌纔動故人稀望中雲掛青帆影林
外霜明白版扉屈指少年盤薄地去來慚殺舊
縫衣

風雨中別翰伯茂仲惠酒旨且多寄謝

一片歸帆不可留蒹葭別思兩悠悠百壺已載賢人酒獨夜何妨風雨舟天闊醉鄉欹客枕村荒漁火映寒流倦游司馬君知否但可尋盟到白鷗

赴敬中伯仲約夜泊青谿有感時伯仲將舉先公大襄

定交頭白幾深知肯負殷勤隔歲期心切暮林懸劍日調悽流水絕絃時孤城柝冷烏啼急極

浦霜寒雁到遲若過山堂論往事坐深花鳥亦
生悲

風雨舟次寄別敬中美中

春光半老客中花梛色金閶望不賒風雨忽驚
飄一葉故人囘首即天涯

經旬下榻久盤桓高館清樽夜不寒屈指舊時
行樂地共君容易說長安

寒江極目雨兼風一片青帆白浪中恨不別時

還秉燭暮雲心事各西東

青谿懷舊

望入春風傍狹斜依依立馬見桃花當年琴酒

盤桓處知在青樓第幾家

芳樂苑

舞堤楊柳綠初齊想像煙花御苑西舊是翠華

行樂地不禁風雨鷓鴣啼

雨花臺

嶙峋片石講經臺樹色江光一望開風動萬山飛葉下却疑天女散花來

劃然淸嘯此盤桓屐破風煙天地寬紅葉白雲看不盡始知秋色在長干

靈谷

風濤叟叟引疎鍾不遠徂徠夾道松一自甼湖龍去後尚方時有白雲封

臺城

山色湖光接太清望中何處是臺城六朝消盡
繁華夢惟有寒鴉伴月明

燕子磯

雲外飛帆百道開江聲日夜走風雷英雄多少
興亡跡留得青山酒一盃

景陽樓

風動疎鍾報曉時飛花片片柳絲絲胭脂井上
如鈎月曾照妖姬學畫眉

烏衣巷

烏衣門徑想東山絕代風流孰可攀雞犬似移天上去但留名姓落人間

和陳文惠公吳江韻

空江露白兼葭蒼望望千林落日黃岸幘一樽盤薄地綠陰堤畔稻花香

野曠霜清萬木蒼楓林乍紫菊初黃筵開場圃秋成後釀得壚頭百甕香

水碧沙明日欲斜村村紅樹隱山家中流一棹
清歌發欲采芙容濕浪花
綠楊深處碧欄斜半是漁家半酒家有客醉探
湖上月便風香送白蘋花
平波渺渺煙蒼蒼菰蒲纔熟楊柳黃扁舟繫
岸不忍去西風斜日鱸魚香
苕溪清淺霅溪斜碧玉光涵一萬家誰向月
明中夜聽洞庭漁笛隔蘆花

此宋陳文恵公堯佐詩楊太史用修極其歎服曰和者百餘人皆不及也又曰二詩曲盡江南之景後之作者無復措手余暇日不覺技癢遂和四絕惜太史未及見耳

江上寄章納言元禮

燕雲吳樹可憐春萬里心期托雁臣把臂何年更何地不堪憔悴白頭人

柳色青青挂石頭江流如帶月如鈎春風何處歌黃鳥有客懷人獨倚樓

方舟曾卜少微星碧浪分携歲幾經君尚壯遊

吾巳老五湖山色傍誰青

光祿吳丈明卿入賀以四絶贈行末簡章

納言元禮

入朝行色動星文風送驪歌何處聞祖帳一江

空極目贈君惟有蔣山雲

蓬萊佳氣五雲賒朝罷天門日欲斜但恐夜虛

前席待故園盟不到黃花

拂拭朝衣玉露寒九天月色湛長安定知燕鎬

從容地竊得龍顔帶笑看
清卿裘馬自逍遥蓑桂淮南不用招故舊若詢
湖海客疎豪垂老未全消

聞梁谿周太史奉使代藩喜歸晤有日

青驪歌動百花明聞道仙郎下玉京持節遠銜
天子詔采風今識代王城樽開嶽色晴雲舞帆
掛江聲暑雨清多少故人勞極目莫因登眺緩
歸程大同故有代王城爲漢諸王所封地

寄聶公侍御公自華亭召入

遺夌依然谷水陽起居迢遞已三霜林間抱膝江湖遠天際懷人日月長風動栢臺新諫草春深花縣舊番棠登車定有澄清志好念并州是故鄉

江上寄懷伯東叔玄

何處懷人可賦詩停雲江上倚闌時月明雁斷關河迥春盡梅傳驛使遲花徑一樽彭澤酒山

窻奇字李邕碑夢中不違延津道離合他年有
夥知

讀史四首

吁嗟海西公蒙塵虎狼齒浮雲蔽九天萬乘麾
𢶍屣重以甘露謎破巢殺龍子悲歌行路人睥
睨髮欲指受誣千載間直筆愧青史
杲卿樹奇節勤王勵常武不與賊俱生而肯問
降虜華陰想英風安危繫尚父彪炳社稷功曾

足攘王甫矯矯忠宣公强項頗自許萋菲諂佞臣聞者舌欲吐好事工齒牙眉睫生風雨三讀貝錦篇悠悠恨千古包諝誣顏杲卿上祿山降表凌準誣郭子儀奪王甫之功柳埕誣陸宣公計諂竇參

於赫唐先天萬乘頗銳志風清渭水濱千載君臣際元崇故忼慨立馬要十事剌骨兼剖心社稷宣大義至尊乃動容聞者皆雪涕兩觀誅二張英聲凜天地三歎懷斯人至今有生氣

舊唐書自五代劉昫筆新唐書自宋祁歐陽修筆世人以新唐書爲勝頃觀劉昫敘姚崇十事要說問答委宛有致千載而下恍若面語新書所傳則剪截晦澁難免乎楊用修彈射也

嗟哉張承吉元和號才子曲阿賦巖居雅性嗜
山水吐詞驚座人賢豪競倒屣身後何荒凉遺
孤困蓬累柴扉掩故姬垂橐憐若洗通家感顔
生披荆弔知巳題壁詩淋漓一字可一涕

張處士祜故宅在曲阿通家子顔萱過而傷之題詩破壁巳而陸龜蒙望邀皮襲美追和余

益三讀而三歎焉然道厄一
時名垂百代處士可不死矣

黄履素書至有所聞口占三絶

無邊離思托兼葭雲白山青天一涯報道落花
流水去不知春色到誰家
爲雲爲雨下陽臺人世風波不易猜江外月明
桃葉渡有誰連袂踏歌來
可憐湖上可憐春東望吳門獨愴神寄語漢皐
明月珮莫因風雨暗投人

百歲歌

余讀士衡先生百歲歌何其形容老狀太過耶不才犬馬齒七十有五矣雙目猶電兩鬢未星間一興至則揮毫竟日暢飲申旦無倦色也而先生云七十時對酒不歡攬形長嘆不亦悖歟漫賦十韻以解嘲

一十時雙眸炯炯髮覆額紫衣翠袖揚朱舄三

三五五踏歌行鬬草尋芳朝復夕
二十時英英弱冠挺風標如龍意氣凌赤霄懸
河博辨空四座自矜繡虎人中豪
三十時學行日成名日起壯夫努力在萬里忼
慨風雲眉睫間摩天劒氣豐城紫
四十時年方强仕膽氣雄翺翔四海歸英風國
爾忘家報天子笑彼肉食何庸庸
五十時識可遠到志可矢拂拭精神天地裹暮

脱樵斧朝綰符請君試看朱翁子
六十時踰艾及耆歲月長偲偲功業與文章人
生甲子可虛度愧殺優游温飽鄉
七十時錬形不作衰頹狀擊斗鴻門氣何壯一
言掉臂楚重瞳介石先幾非孟浪
八十時渭水風雲起釣璜西飛十乘想鷹揚壯
猷尚父成開國磻石千秋姓氏香
九十時矍鑠武公還入相立朝手采萬人上交

警諄諄抑戒篇至今讀之神頗王

百歲時鶴髮童顏陸地仙歲寒松栢猶挺然畢

公四世周元老心在王家不記年

憶昔六首

曾訪南湖處士家綠陰一徑老煙霞飛觴坐嘯

青谿上流出西村舊浣紗

焦老峰頭隔世氛跨江樓閣倚星文偶來踏月

詩成後夜半呼僧掃白雲

峰窺五老入青天噴落危泉百丈懸有客半空
飛屐上便令消却世中緣
三觀探奇乍有無振衣長嘯百靈呼夜深踏破
天門月驚動秦封五大夫
赤壁臨江一鏡開爲邀秋色亂飛盃月明蘭槳
清歌發誰道風流去不回
扶桑海色極天開百尺青帆破浪來雲樹望中
樓閣近却疑身世入蓬萊

瓢飲堂落成簡敬中太僕履常京兆二君

皆嘗見助草堂貲者

數椽西傍錦雲橋門徑蕭閒隔市朝飲水自甘

顏子巷避人欲挂許由瓢綠深庭樹啼春鳥青

徧江蘺長暮潮但擬一樽逃物外杖藜何地不

逍遥

簡黄丈明立時解博士將歸

秦淮堤畔柳依依不盡懷人對落暉老我一壇

常作客多君三徑早言歸窻臨舊苑青山近屐挂長林綠雨肥日有放歌慚白雪和來猶恐國中稀

奇雨徹夜庭除積水可三四尺簡京兆王人

竟夕不成寐其如苦雨何此身疑泛梗虛檻忽生波徑沒花誰辨林昏鳥不過薄田懷舊里或恐變江河

日有愁霖賦重雲晝不開雷催林外雨風撼谷中雷飛瀑驚巢燕奔流破石苔客顏何自解差可對銜杯

憶昔篇

憶昔美人顏如玉邂逅邀懽日不足左携圖史右携琴落月疎簾還秉燭泖上青山更有期燕雲吳樹兩相思相思一歲復一歲浮沉消息使人疑一朝舞帶驚飛絮五湖年少挾之去隨風

飄蕩負春華啼鴂幾度悲芳樹誰是眞心誰久
盟誰能肝膽信平生黃金屋底翻白浪銀燭燒
殘夢不成我忽聞之三歎息况也凄其風雨夕
自古紅顔薄命多憐卿一倍感疇昔

蚤秋江上得吳學博際之書問來自東陽

却報兼懷張錫之明府

白髮誰憐楚獨醒舊游天畔感晨星不期嘹亮
秋前雁猶問漂零水上萍二峴送青朝拄笏一

樽浮白夜譚經因風寄語東陽令曾否盤桓漱玉亭東陽峴山飛瀑如漱玉宋令王槩建亭其下蘇長公爲之賦

顧太史郎家拜大司成賦贈

壁宮秋色動絃歌雨過秦淮長綠波舊里琴書移榻近昔年桃李及門多風清布席黃鸝囀山近臨池紫氣過聞道聖明思啓沃還朝不遠聽鳴珂

黃履素方計偕北上書來言别忽雷雨驟

至却贈以詩時伯兄閩撫報至

望中雲氣想葱蘢千里書來幾日封江上忽驚

雷雨過定知天半起蛟龍

高門代起不羣才綠鬢難兄戟府開少子更憐

慈母意也須天際雁行來

申伯子承毘以秋試將入都余方掃榻以

待忽聞訃音駭然有作

清秋有約凰鳳臺望望飛帆竟不來凶問忽傳

天外雁故人驚覆掌中杯三山月落啼猿急一榻寒生暮雨哀盛滿縱知憎造物未應年少卽蒿萊

白下寄唁姚江鄒丈時以母憂不及試

不易秋空雁字過舜江深處白雲多大椿庭下承顏日莫爲高堂廢蓼莪

曾記江頭夜泊船醉君桑落酒如泉長干尚有看花釣聲斷來鴻一愴然

期邵孟公李平子二通家小坐秦淮上喜
賦二絕時二君以秋試至秣陵
論交海內幾通家幸爾邀懽水一涯此地正當
江令宅知君蚤已筆生花
江雲縹緲鳳皇臺載筆驚看二妙來多少桂蘩
秋色裏爲誰先報一枝開
中秋次日赴酌黃國博千頃齋頭在坐者
唐仲言孫令弘林若撫分得時字

兼葭日有故人思勝會天涯不易期賦就兩都
流寓日客來三徑問奇時送青山色窺藜閣浮
白風流想習池鄙吝爲誰消欲盡果然千頃是
吾師

寄贈唐仲言君乃雙瞽雅能詩

詩瓢久矣慕江門老謝風塵道自尊生計五茸
虛負郭著書終歲不窺園機忘野外分鷗席喧
避林中識鳥言我亦一丘堪寄傲期君白首在

平原

過靑谿舊游處題壁時余七十有五

百杯曾此醉花前白首重過五十年豪氣未除狂尚在故人疑是地行仙

舞堤花徑半蒿萊鳳去何年尚有臺試問舊游琴酒伴幾人頭白又重來

江上履中見下第別去有感

行色蕭疎落雁邊天涯去住兩悽然望雲應起

思親淚抱玉重驚刖足年秋老薜蘿三徑冷江
空風雨一帆懸有才無命今知否還向寒窻守
硯田

秋暮將歸逢安小范使者却寄

花前曾記亂飛觴柰可秋深客路長老態怕逢
搖落候故人時戀水雲鄉江楓白徧千山雨籬
菊黃催幾夜霜湖上一帆知不遠好期月色是
重陽

爲李汝藩悼姬四首次來韻

蘘桂山中秋未闌忽驚風雨一枝殘尚疑清影餘香在不是當年月下看

月乍朦朧更乍闌玉爐香散燭花殘空閨半捲芙蓉帳纔到黄昏不忍看

百遍相思秋巳闌畫眉深處墨花殘倚闌忽墮寒雲色疑是高唐夢裏看

纔説尋芳興便闌曲池秋色未應殘偶思舊日

經行處折得芙容仔細看

閏中秋之夕汝藩李丈招飲桃江亭分得

風字李詩先成

萬戶仍高隱士風孤亭肯許市朝通感時六代繁華去極目三山煙靄空酒對故人皆世外月當今夕尚秋中坐闌星斗商歌發白雪飛來調轉工

惆悵詞

花下兩鴛鴦綢繆天欲曙忽驚風雨來飄散不知處

盈盈並蔕花依依妾所好繡入合歡桃無由寄遠道

邂逅如花人贈我齊紈扇分明示意中秋來心莫變

匣有吳干將佩之常出入風雨懷不平時作蛟龍泣

片月照銀牀疎桐覆金井所期人不來空階落花影

黄葉舞空庭颯颯疑秋雨有懷千萬端臨風共誰語

宿獻花巖同履常賦

虛巖高卧六朝僧深夜題詩借佛燈忽聽磬聲來下界始知身在白雲層

望中天闕半崔嵬林外江光一鏡開虛檻臨[illegible]

秋色裏萬山空翠遍人來

題陳叔子遺經室

問禮依然想過庭風塵欲遠戶常扃有懷益友開三徑不朽詒謀在一經雨瀉石潭春水綠燈懸藜火夜堂青愧余白首飛觴地莫是人猜聚德星

題葉季常詠歸堂時以王官謝歸

聞道蘇湖敎已成閒雲知爾倦游情鄉人若問

牀頭槖莫是清於水一泓

蚤謝王門一棹還數椽初構碧谿灣詠歸堂下

消搖地猶在春風沂水間

金陵全書

乙編·史料類

金陵集選

（明）鄔佐卿　著

南京出版傳媒集團
南京出版社

提要

《金陵集選》一卷，明鄔佐卿著，清王豫選。

鄔佐卿（生卒年不詳），字汝翼，丹徒（今江蘇鎮江）人。明嘉靖、隆慶、萬曆年間存世。明萬曆十六年（一五八八）後卒於錢塘僧舍。貴家子，父紳，先後任南京禮部郎中、四川按察副使；兄仁卿，先後任湘潭知縣、龍陽知縣，士民莫不愛敬。鄔佐卿富於才調，十齡而誦詩書，二十齡而嫻詞賦。三十齡左右被選爲貢生，太息道：『年逾壯，安能複旅諸生進退？』不願做官，遂上書辭謝，而自稱『丹徒布衣』。多交四方賢豪，風流倜儻，喜遊狹斜，世稱『鄔公子』。詩工艷體，多寫男女愛情，時評『佳句麗情，可歌可詠』，錢謙益稱之曰：『義山（李商隱）《無題》後不多見也。』在鎮江，詩與茅溱等齊名，常倡和。亦工書，善楷，書學《黄庭經》。著有《芳潤齋集》《纏頭集》《金陵篇》《金陵集選》《遊草》等。

王豫（一七六八—一八二六），字應和，號柳村，丹徒人，後移籍江都。

清詩人、詩選家。性酷嗜詩，著作頗豐，有《鎮江先生典型録》《蕉窗日記》《焦山志》《種竹軒詩鈔》等。亦着力選集，編有《群雅集》等。該集收有七百餘位詩人詩作。影響最大的是《江蘇詩徵》，收詩人五千四百六十七家，爲清代地方類詩歌總集中最大的一部，由阮元領銜，實爲王豫之力。王豫因爲鄔佐卿艷詩，多溫柔鄉語，論者短之，又聽聞其有《金陵集》，卻未付梓，雖極力訪求而未得，嘗以爲恨。後有鄔氏苗裔獻出手鈔本，方有此《金陵集選》問世。

《金陵集選》，卷首收有《（光緒）丹徒縣志·文苑傳》和《京江詩話》鄔佐卿條；明丁應泰（字元甫，又作元父）《金陵集原序》和清王豫《序》。正文收詩一卷。據王豫《序》言，選詩九十餘篇，實則八十五首。詩作多吟南京景觀，幾乎遍及金陵，諸如邀笛步、雨花臺、景陽樓、江總宅、鷄鳴山、鷲峰寺、木末亭、靈穀寺、棲霞寺、攝山、莫愁湖、冶城山閣、飛霞閣、牛首山、宏覺寺等；亦有不少與友人交遊唱和之作，其友有江都陸弼（字無從）、金陵盛敏耕（字伯年）、丹徒陳永年（字從訓）、江夏（屬湖北武漢）丁應泰等；還有一些『艷詩』。

王豫在《序》中對此集鄔詩的總體評價是：『其律細，其調高，其志和而音雅，謹守唐賢矩矱。佐卿生王（世貞）、李（攀龍）之世，絕不染其氣習，一以性情真摯爲主，尤足貴也。』其吟誦南京景物詩，可見南京嘉靖、萬曆年間南京景觀面貌；其交遊之作，可見當年南京文人文化活動之繁盛；幾首『艷詩』，也不甚綺麗。

據王豫《序》，《金陵集選》當刊刻於清嘉慶二十四年（一八一九）。如集名所示，當尚有《金陵集》在。《江蘇藝文志·鎮江卷》（江蘇人民出版社一九九五年一月第一版）云：據《千頃堂書目》，鄔佐卿著有《芳潤齋集》九卷、《纏頭集》十卷、《金陵篇》一卷，皆佚。疑《金陵集》即此《金陵篇》。又據丁應泰《金陵集原序》，《金陵集》曾梓刻於萬曆九年（一五八一）。而王豫《序》言，所見乃鄔氏苗裔所獻之手鈔本。因未見《金陵集》原本，就有三種可能：其一，《金陵集》曾刊刻而亡佚。其二，《金陵集》並未刊刻，僅存手鈔本，因爲如果已刊刻不會合王豫與鄉人張學仁（號寄槎）兩人之力，訪求二十餘年卒不得見，而王豫《序》中明言『其《金陵集》未付梓』，亦絕對不會產生《金陵集》《金陵篇》一字之誤。其三，《金陵篇》與《金陵集》是兩書，如《千頃堂書目》所示，先存而後佚。

《金陵全書》收録的《金陵集選》以南京圖書館藏清刻本爲底本原大影印出版。

吴福林

丹徒縣志文苑傳鄔佐卿字汝翼丹徒人四川按察使紳子數歲能詩長交四方賢豪詩大進充貢上春官忽太息向人言年逾壯安能復旅諸生進退遂棄去稱丹徒布衣佐卿少爲貴公子喜游狹斜其父紳以憲副引病歸砥礪道義風化鄉人佐卿用自繩削名以益重嘗客錢塘遇道士授還丹術期二十年訪于石屋間是後佐卿多與人談長生間及兵略及期單衣芒履走錢塘赴道士約甫入僧舍忽端坐瞑逝屠隆來復一開目佐卿書學

黃庭經詩工艷體義山無題後不多見也兄仁卿字汝元嘉靖壬子舉人少能爲駢語名日起世宗好道嚴相嵩柄國聘仁卿爲撰靑詞時嵩權勢熏灼炙手可熱往固不免於禍卻之則禍愈速乃不得已應其聘甫一月託母病辭歸終嵩身不仕嵩敗始謁選受湘潭令改龍陽士民愛敬之

京江詩話鄔佐卿字汝翼丹徒人按察使紳之子性樸雅不事奔競楷書臨黃庭經詩工唐律不與人爭長用自娛悅而已少爲貴公子喜遊狹斜富

於才集外有艷詩十卷題曰纏頭集佳句麗情可歌可咏如笛中舊恨留金谷天上新愁問玉巵江柳眉梢雙鎖恨海棠春盡獨銷魂寶鏡夜寒鸞顧影畫梁春煖燕歸樓妝粉曉沾蝴蝶草啼紅春染杜鵑枝鬢梳蟬影分雙翼衣剪靈綃學六銖小閤閒情緘荳蔻空庭微步出蓮花樓前彩鳳隨仙史陌上銀箏誤使君春回漢水思捐珮月滿秦宮照卷衣玉樹經霜凝屈戌垂楊新月挂鞦韆楊柳調翻歌扇月柘枝香度舞裙風翡翠香籠條脫煖梧

桐聲轉轆轤寒明月小樓闌盼盼垂楊深院李師師義山無題之後不多見也

金陵集原序

汝翼以貴家子十齡而誦詩書又十齡而嫺詞賦身名博士家子弟然亦何嘗斤斤然章句爲腐儒之詞也獨其搦管爲詩前無遂古近無今人生平卽性不嗜酒至詩成輒浮白歌之沾沾喜動顔色也去年與不佞生同客金陵前後間不覺令草木改易寒暑矣及出其平生所爲詩視不佞則種種未易披覽不佞獨選其金陵集要其累歲紀遊之作耳中間上慨帝王次酬名山大川覽一切宮殿

觀剎往蹟及朋友好交遊足蹟之所徧而意象之所融汝翼未嘗不宣洩之於詩而至與不佞詩比於他爲最倍且皆言言大匠也不佞私心幸之遂與梓之冶城山中俾後來人讀知汝翼者必及不佞則汝翼之功德於二水三山而不佞之徼惠于汝翼也厚矣厚矣

萬歷九年辛巳歲如月江夏友人丁應泰元父甫譔

序

有明嘉靖萬歷間潤郡有鄔仁卿佐卿以詩詞狎主壇坫而佐卿風流倜儻尤杰出世稱鄔公子時與陳永年從訓并稱京口兩詩人佐卿好衣邪遊所著纏頭集多溫柔鄉語論者短之其金陵集未付梓入豫與張孝廉寄槎訪求京江耆舊詩閲二十餘年卒不得見嘗以爲恨歲己卯春三月有一生渡江來謁自言鄔氏苗裔袖出佐卿手鈔金陵集整衣再拜求選刻且曰小子以是集謁顧孝廉

一

心齋心齋命小子就正先生先生何以慰泉下之魂豫授而讀之如獲至寶其律細其調高其志和而音雅謹守唐賢矩矱佐卿生王李之世絶不染其氣習一以性情眞摯爲主尤足貴也今且二百數十年矣既不能與王李驂驔藝苑并享盛名復不能與謝宗諸公津津掛人齒頰嗟乎能道其姓字而知爲詩人者蓋寥寥矣何其不幸也豫目昏不能視細字因亟命兒子屋擇其言之尤精者九十餘篇付梓氏以公同志嗟乎世之擁富厚而亨

赫赫之名者殁不旋踵第宅田園盡歸烏有曾不若一窮諸生篤志工詩歷十數傳殘編斷簡爲子孫所什襲不致終於湮没孰得孰失其理爲可思也生名懋才集有楚人丁應泰元父序時萬歷九年也

嘉慶二十四年三月江都柳村王豫序於翠屏洲詩徵閣

金陵集選

丹徒鄔佐卿汝翼著

江都王　豫柳村選

邀笛步

笛與人俱往。風流不可尋。月明溪上過。夜夜水龍吟。鴻雁歸何處。梅花落自深。寥天清籟發。淒惻爲知音。

雨花臺

雨後春蕪綠。荒臺入望孤。不聞僧說法。惟聽夜啼烏。雲影着明滅。天花問有無。遊人一杯酒。時向翠微沽。

景陽樓

六代豪華盡。高樓自夕陽。鐘鳴何處寺。不是爲催粧。乳燕巢新棟。藤花發壞墻。臺城餘故址。憔悴幾垂楊。

江總宅

舊宅應難辨。風流尙未磨。民居疑似昔。勝地近如何。無復臨春詔。誰翻玉樹歌。柴門環綠水。猶自想

恩波

雞鳴山春望

老去登臨健何須借杖扶鐘鳴僧舍靜春盡客心孤山近高含霧城荒不碍湖濁醪堪一醉落日在平蕪

鷲峰寺僧舍同黃吉甫問陸無從病

瘦鶴自梳翎招提啟翠屏蓮花新社白松影舊房青臥病逢秋雨尋方檢藥經風塵吾已慣爲爾感飄零

同黃吉甫陸無從吳幼安幼元登木末亭

秋色偏宜雨。流泉並入溪。逢僧因問偈。邀客共留題。揮麈千峰落。凭欄萬木低。平生丱舉意。不羨一枝棲。

王祠部邀遊靈谷寺

馴鹿如迎客。泉聲觸石迴。松杉千嶂暝。風雨二陵來。秋色春官酒。山花水部梅。帝城應未閉。相對且銜杯。

東麓亭雨望

曳屐台城東。凄凉六代宫。片鴻寒雨夕。千嶂晚林風。故國憑軒外。新亭灑淚中。遲迴情不極。處處落丹楓。

雨發金陵

徒御頻催發。孤裝不待晴。一鞭揮雨色。萬壑赴秋聲。夢後還巫峽。愁邊唱渭城。千山回首處。雲滿漢西京。

龍潭客舍懷社中諸子

遊子倦投宿。西風一雁還。民居多近水。驛舍但依

山鄉夢時能作村燈照自閒懷人苦搖落凋盡客中顏

遊歸

漫遊歸亦好客路又斜曛石齒嚙寒浪林容淡白雲驊騮驕自賞鴻雁斷猶羣挂杖錢堪解壚頭且獨醺

送胡無佞遊金陵

客子睠長路氷霜未盡凋寒原人蹟少凍日馬蹄遙白眼看雙劍青山問六朝不須懷故國隨處可

漁樵。

曉行

微雨曉初歇。村酤醉易醒。馬偏諳遠道。雁又起長汀。霧合山頭白。江空石骨青。敝廬雖近市。何礙守元經。

風樹

風樹蟬聲散。汀蒲鷺浴回。人家多傍水。釣竹半臨臺。潮咽雲根濕。山銜秋氣來。誰憐行役者。短褐滿塵埃。

七里港曉行

去城僅十里，曉色忽聞雞。樹轉山常掩，林深路欲迷。殘星明遠水，茂草帶迴溪。最愛秋雲好，輕陰散馬蹄。

炭渚驛

古驛秋風急，空江落日斜。繞堤千柳樹，傍嶺幾人家。野圃瓜猶蔓，山田豆自花。桔槔聲不斷，農父一長嗟。

七月一日遊棲霞寺 寺爲明徵君隱居之地，山有千佛嶺幽居諸勝

境

地是梁陳舊遺踪只自看霞光棲樹古山影落江寒倚佛時尋嶺談禪暮倚欄隱君何處覓碑碣半凋殘

六代留題古羣峰隱寺偏殘經翻日午疎磬報秋先佛化千年石巖開一綫天平生耽寂寞於此可逃禪

淨土吾能到禪房晝自扃霞蒸江練紫苔繡石梁青忍草知秋早曇花表地靈鐘聲杳何處時在翠

微聽。

攝山尋慧上人蘭若

古木千章合。層巒一逕微。磬聲醒客酒。山翠濕人衣。曲磵流殘雨。閒房到落暉。萬緣空欲盡。何處覓禪機。

同周山人文美夜集方計部子及署中

綈袍留暝色。粉署暮雲寒。星聚干天象。風流屬地官。月分林影下。秋撼竹聲乾。應識金吾禁。歸遂夜已闌。

慰仲白失僕

旅次宜童僕。逋逃黠自猜。嚴終嫌頴士。文豈戀方回。顧影成賓主。閒庭任草萊。客窗風竹夜。猶似採樵來。

同郭次甫飯徐庵松下

古寺晨鐘動。松風自可聽。飯從香積供。蔬憶故園青。高士亦旅食。老僧時誦經。也知蘭若好。不是子雲亭。

送游宗謙歸閩中

客計貧何病。謀生拙是眞。刺從磨滅盡。詩自和來新。濁世無公子。窮途孰主人。匣中孤劍在。珍重度延津。

問俗君何語。曾遊記昔年。碓舂深澗雨。雲種半山田。彈鋏誰相假。操觚祇自憐。世情今見否。須信鹿門賢。

慷慨別何易。風塵會面難。職方通粤徼。氷雪暗南冠。月白鷓鴣苦。霜淸猿狖寒。武夷君若問。爲我報平安。

贈吳允兆

瘦骨衣難任，雄心隱是眞。傳全足自幸，磬折畏逢人。性癖新交寡，遊歸舊業貧。翩翩公子俠，歌處即陽春。

遊莫愁湖

秋色凈湖水，千年只舊名。遠山青入鏡，暮雨淡臨城。雲剪凌波態，煙含弔古情。向人垂柳色，都學舞腰輕。

南都逢張去華卻贈

夜烏啼不歇。柳色白門春。山水供爲客。風塵自傍人。才名五字起。生計一錢貧。各以天涯蹟。相逢感慨眞。

白門

白門無限好。莫憶故鄉蓴。玉樹千秋調。青山六代春。也知桃葉渡。不是武陵津。倘有胡麻飯。猶堪學避秦。

普德寺安茂卿席上贈諸姬

逢君春載酒。忘卻是天涯。飯自供香積。人從認狹斜黛痕分忍草，裙色藉晕花。笑指桃源口，仙姝別有家。

清明雨盛伯年攜酒同李文仲丁元甫羅敬叔集台城山閣

地主能攜酒，山人豈愛名。樓臺臨萬井，風雨畫孤城。野色凭闌盡，烟光拂塵平。垂楊千樹綠，今日已清明。

逵生園爲王叔敬題

地自丈人闢，誰知抱甕情。不須嗟易老，今始悟無生。雨過鋤靈藥。春回聽早鶯。白雲差足臥。何物是浮名。

春晚客中寄婦

客裏春將去。閨中髩欲絲。縱令千里隔。那負百年期。覊旅難遺肉。飄零念伏雌。張儀猶有舌。莫笑未逢時。

雨集潘虞則客舍

幾醉金陵酒。難忘是鴟冠。雲光浮卷幔。山色到凭欄。客久居終假。春深雨不寒。家書前日至。字字道平安。

四月一日送王承甫歸吳中

春色先人去。禽聲應候鳴。可堪蓬鬢影。相對石頭城。世味只如此。鄉心空復情。青山當馬首。何處夏雲生。

贈何仲雅

奈爾入如玉。嗟余鬢已華。鏡中無粉澤。閣上有梅花。雲氣新詞賦。天文舊莫耶。西堂芳草綠。春在惠連家。

宿陳從訓旅舍

上方堪宿我。明月解留賓。傲骨生如寄。窮交到處真。寓非家總好。心與蹟俱親。頗怪金陵酒。沽來不醉人。

戲示從訓 從訓覽女貞傳奇嗟賞不已因而嘲及

春情正無賴。聊爾付清尊。何物卷中事。翻銷客裏魂。浮生俱傀儡。旅蹟任乾坤。不見漢江女。空留解珮言。

冶城夕望

極目杳無際，浮雲照鵲冠。千年龍躍處，池水至今寒。雁入羣峰夕，穐深萬木殘。天涯長劍在，留向匣中看。

丁元甫邀集飛霞閣

傑閣俯林樾，晴光下台城。鬓驚霜後短，身藉客中輕。片月秋全淡，疎桐晚更清。天涯欣聚首，莫聽斷鴻聲。

分賦贈丁元甫

戢羽憐鴻鵠，鷦鷯奈爾何。寸心能許國，雄辯獨懸河結客金常盡，逢人雪自歌，誰知彈鋏意，魚是武昌家。

集潘士從客舍座客有善雞鳴者

公子輕然諾，翩翩濁世英，才難逢狗盜，客豈賤雞鳴。酒得金陵市，歌翻玉樹聲，安仁雙鬢色，未許二毛生。

憶歸

千秋搖落盡，何事尚長干，客久衣頻換，愁深帶易寬。風凄蹂磬咽，霜急夜砧寒，只有壚頭月，還同故國看。

金陵雨中懷沈太史君典

雙鬢仍爲客。十旬今別君。獨看鍾阜雨。不見敬亭雲。望闕征鴻過。凭欄落木聞。生平愁未慣。腸斷爲休文。

直道應難改。閒愁豈易侵。主恩元不淺。君臥獨何深。片語堪千古。相知是寸心。歲寒風雨急。念爾欲沾襟。

金陵逢張羽玉別駕卻贈

正憐黃葉候，忽向白門逢。直道官難達，才名世豈容。性同嵇叔懶，生願酒泉封。別駕刀堪贈，明時不負農。

千山冰雪色，照我鬢邊絲。偃蹇雄心在，浮沉宦跡疑。文章堪自老，天地竟誰私。試看秦淮水，流聲似昔時。

金陵逢潘虞則卻贈

懶慢懷中刺，行藏橐裏書。弓裘先澤遠，音信故園疎。玉樹誰同聽，金太逐未虛。安仁年正少，何事賦閒居。

鷲峰寺留别璩仲玉

微雨凍欲雪。盍令傷别心。妙香禪榻冷。雙樹寺門深。末路新知已。高山舊賞音。行行重回首。疎磬落浮陰。

留别管古甫璩仲玉

共是他鄉客。寒宵我獨歸。從來無别淚。今日欲沾衣。濁酒幾同醉。衰楊折漸稀。扁舟倘東下。須問舊柴扉。

金陵留別張羽玉別駕

暫同羈旅蹟。先別漢臣還。何物黃金態。能銷壯士顏。浮名空十載。歸計且三山。仲蔚蓬蒿在。聊堪獨掩關。

落日

落日青萍色。猶存匣未開。氣終難自下。心豈不憐才。混蹟嗟誰識。浮生祇自猜。蘼蕪春雨後。綠遍鳳凰臺。

題桐竹圖

孤桐幾百尺。疎篁數竿冷。夜半月明中。並作寒苔影。

金陵曲

白鷺洲邊夜月。盧龍山下晴雲。十載風光如舊。天涯何處逢君。

鬱鬱鍾山龍氣。沉沉禁苑烏啼。眼看朝日才上。心逐流雲自西。

送俞公臨歸吳中

別離冬盡黯消魂。立馬津亭見遠村。夜色自憐談

塵後風塵誰念微貂存臺前麋鹿思芳草郭外飛虹（橋名）倚涙痕總是倦遊歸亦得不堪衰柳送王孫

逢吳幼安卻贈時幼安避讐金陵

千里秋隨八月槎西風殘照雁行斜飄零愁對金陵酒落魄同看玉樹花跡似鄺炎能避地名如張儉已無家乾坤到處皆吾土莫向尊前嘆鬢華

同劉涵父丁元父馬明叔朱純父羅敬叔登牛首山

俯檻晴光萬里來千峰雪色掌中杯龍銜海日秋

濤白虎嘯寒泉石竇開閣道星河懸象魏碎支巖

鑿鎖樓臺登臨興自同諸子賦就何慚六代才

秋日許子正邀飲寶林庵

石城秋盡白雲寒薜纑碑陰字未殘三徑黃花欺

短鬢雙林楓葉醉長干天涯豈厭歌金縷世路何

人問鷸冠留得青山自千載重來還共老僧看

九日登雨花臺

碧天紅樹莽蕭蕭何處秋光不可招六代雄圖千

嶂合二陵龍氣五雲遥江銜日月荒臺晚霜冷蒹

葭大海潮風起何須吹落帽鏡中雙鬢已全銷

送劉涵父歸武昌

握手天涯欲斷魂曳裾今復向王門磯頭日落空江冷漢口雲深大别昏衰廢十年惟托酒送君千里勸加飧頻追清夜西園讌須信應劉不是恩

金陵逢朱茂才純父卻贈

九月飛霜下石城相逢此日欲沾纓松楸日落千峰色砧杵風傳萬戶聲玉樹漫嗟陳後主青鐔猶學魯諸生憐余亦是飄零客好賦招魂弔屈平

客中思歸

爲客年年自可嗟。白門衰柳遍啼鴉。霜寒是水皆歸海。秋老何人不憶家。沽酒壚頭邀月色。看山墻外總天涯。從來六代繁華處。開遍棠梨幾樹花。

送吴叔嘉遊泰山

馬頭秋色起千峰。落日西風問岱宗。冠自濯來猶是鷴。杖今攜去欲成龍。星辰倒挿天門樹。雨露全深漢時鐘。七十二君嗟已往。白雲空見出泰封。

送丁元父下第歸武昌

江上潮來一棹輕。烏啼楊柳白門晴。空勞濁世愁平子。未必明時棄長卿。夜月滿山惟樹色。秋風何處不砧聲。武昌魚美今堪釣。回首烟雲是石城。

洞庭楓葉下秋霜。馬首青山送夕陽。梁苑曉砧貂半敝。渚宮殘月雁千行。帆過夏口寒江淺。猿嘯荆門古木黃。盛世不須嗟未遇。且將新賦弔沅湘。

送丁元甫歸楚分賦得九疑山

帝子孤墳自草萊。九峰天半鎖樓臺。星沉湘水娥眉老。雲起蒼梧鳳輦來。冠劍萬年藏日月。松楸千樹護風雷。洞庭楓落歸舟晚。莫嘆重華去不回。

再得雲夢澤

楚澤茫茫望不分。荻蘆秋落寒鴻羣。魚龍夜靜吹寒浪。鷗鷺春晴弄夕曛。大獵朱旗懸片月。高唐清夢人行雲。千年調賦推同調。烟水漫漫且送君。

金陵逢羅敬叔

帝城相遇轉凄然。何處秋光不可憐。梁苑雁來千樹月。晉宮砧報萬家烟。孤節豈厭貧遊日。長鋏空慚旅食年。欲作故園歸隱計。風塵誰送買山錢。

客中示羅敬叔

落魄天涯歲已更。秋將寒入布袍輕。風塵何處堪容傲。天地從來亦忌名。片舫月明滄海靜。萬峰霜落贛江清。

立夏日國華王孫邀同丁元父顧孝敷何仲八公會向淮南隱。攜酒同尋桂樹盟。

雅史子訓集馬湘蘭館中

柳色青青照玉驄。白雲千樹落晴空。歌將四月猶飛雪。人是陽臺合避風。幾載夢懸湘水上。昨宵春在宋家東。乍看紈扇承恩澤。莫學班姬怨漢宮。

西津别妓

立馬江皐問暮潮，片帆西上路迢迢。人將碧草新晴去，魂對青山暮雨銷。雲色白依桃葉渡，月明淒斷鳳凰簫。壚頭濁酒春堪醉，還訪秦淮舊板橋。

金陵初夏懷伯兄參戎仲兄明府

日夜長江慣作濤，杜蘅何處問湘皐。愁看嶺徼常飛檄，不向河陽愛種桃。六代有情黄鳥語，三山無恙白雲高。羈人久厭風塵色，歸去東田事桔槔。

金陵寄胡孟弢

秣陵山色傍孤筇。醉聽長干寺裡鍾。萬里人歸章水北。片鴻書藉白雲封。斗牛夜挾雙龍氣。爾露秋高五老峰。漂泊天涯遥憶汝。月明江上采芙蓉。

宏覺寺五株松

五株松樹五雲封。夜半濤聲起蟄龍。鱗甲不妨風雨蝕。月明疎影落雙峰。

金陵送李文仲遊讌

送君何事淚沾巾。長鋏還依病後身。金盡燕臺騏驥老。敢將漂泊怨涓人。

秣陵秋盡客裘寒。氷雪千山道路難。孤雁一聲人
已遠。片帆明月渡桑乾。
長安遊自學君卿。囊底蕭然白雪聲。聞道漢家尊
許史。不須重問五侯鯖。

聽馬湘蘭琵琶

江州司馬感飄零。一曲琵琶且自聽。桃葉渡頭春
總好。不須瑤瑟鼓湘靈。
明珠顆顆落鵾絃。玉手文楸相暎鮮。彈到瀟湘雲
水濶。一聲哀雁下江煙。

再送丁元父還楚

千山落日照河梁，萬樹西風夜有霜。江上潮來催去舫，不知何日到潯陽。

爲吴明卿先生題雪山氷井卷

寒泉嵩詰轆轤聲，分得滹沱色倍明。卧看茂陵如病渴，無煩天上問金莖。

秋日登雨花臺

浮雲千樹鬱難開，杖底秋光一雁來。叢桂滿山香不斷，西風吹過雨花臺。

艷曲

碧樹映紅樓。佳人是莫愁。仰使看斗牛。舞罷月初落。歌殘雲欲流。何繫千陵秋。

板藏黃梅花館

金陵全書

乙編·史料類

金陵名賢詠

（明）顧起元 著

南京出版社
南京出版傳媒集團

提要

《金陵名賢詠》不分卷，明顧起元著。

顧起元（一五六五—一六二八），字太初，一作隣初，自號遁園居士，江甯（今江蘇南京）人。少穎悟，好博覽，萬曆二十六年（一五九八）會試第一名，進士及第，授翰林院編修，萬曆三十八年（一六一〇）遷南京國子監司業，累官至吏部左侍郎兼翰林院侍讀學士，後以母喪去任，七徵不起，卒謚文莊。顧氏師從王可大，著有《毛詩正變指南圖》《詩經金丹匯考》《中庸外傳》《顧氏小史》《金陵古金石考目》《説略》《客座贅語》《遁園漫稿》《蟄菴日録》《雪堂隨筆》等，事跡見《啓禎野乘》《明人小傳》等。

金陵是人文淵藪之地，在晚明的『金陵詩學群體』中，顧氏是活動時間最長的後起總結者。除參加金陵雅集題詠，顧氏一直致力於鄉邦文學的建設。清末陳田於《明詩紀事》顧起元小傳中云：『太初留心鄉邦文獻，《集》中《金陵名賢詠》六十篇，自勳舊名臣至韋布緇流，綴以四韻，隱括生平。』此書序云：『金陵，故人文崑鄧也。垂芬縹簡，後先相望。余曩從外父太守王公遊，常聞其稱諸先賢也，私心願執鞭，已複質耳目所睹記者，間抒短詠，以志歸慕。竊比國寶，訢慕之遺，其他尚期嗣響，非敢軼也。』從中可知顧氏對耳聞目睹的金陵名賢的仰慕之情由來已久。他們中大部分生活在明前中期，分別是：陳遇、丁璿、陶元素、盧雍、金潤、童軒、賀確、張益、倪謙、金琮、陳鎬、倪岳、魯昂、邵清、吳文度、周金、何遵、王鑾、顧璘、陳沂、王韋、景暘、劉麟、張琮、金賢、謝承舉、徐霖、顧瑮、梁材、李重、史忠、顧源、陳鳳、許隚、王以旂、金大車（並金大輿）、胡汝嘉共三十八人；有的則與顧氏大致生活在同一時期，分別是陳芹、王可大、許穀、盧璧、殷邁、李逢暘、楊希淳、黃甲、盛時泰、阮亘、鄭宣化、吳自新、顧國輔、王可立、李登、余孟麟、周元、盛敏耕、沈鳳翔、張後甲、何湛之、何淳之、洪恩二十三人。

六十篇題詠中，除金大車、金大輿外，每篇記述一位名賢。先題篇名，標明名賢的官爵與姓名，如『都察院右副都御史丁公璿』『湖廣布政使盧公雍』等；若無官爵，則冠以尊稱、科舉稱呼或其他相應稱呼，如『中行先生陳公遇』『進士陶公元素』『太學生楊公希淳』等。篇名下簡述這些名賢的主要事跡，有的屬於隱逸，如帝師陳遇、以菊爲友的賀確、深達禪理的顧源等；有的屬於孝友，如辭官奉親的陶元素、芝生廬墓之側的盧雍等；有的屬於忠義，如臨危不亂的金潤、身膏草野的張益等；有的屬於品行，如雅量高潔的丁瑺、自甘清貧的童軒、死諫貽書的何遵、孤標野鶴的王鑾等；有的屬於儒林，如纂修《金陵人物志》的陳鎬、博通群籍的謝承舉等；有的屬於文苑，如文美蓋代的倪謙、書法超群的金琮、藻思絕倫的陳鳳等，不一而足。最後在主要事跡之下賦五言律詩一首，歌詠該名賢的事跡、功勞、成就或品行。如第一篇『中行先生陳公遇』，曾輔佐朱元璋定鼎天下，顧氏隱括其生平云『金陵布衣，高皇帝首下弓旌之招，嘗稱曰「陳遇，吾之子房」』，其後賦詩云：『鍾山孕靈氣，鬱此縣黎姿。沈冥邁軸間，翱翔爲帝師。大隱寄籬門，英英標紫芝。天網頓八紘，鴻飛安可知？』從中可見此書之大致内容與體例。

《金陵名賢詠》六十首是顧氏諸多題詠金陵鄉賢中最著名的一種。天啓四年（一六二四），顧氏又作《金陵名賢續詠》十首（收入《蟄菴日録》癸亥下），補充收録了某些禁忌而未寫入的十多位世家詩人，分別是：姚汝循、朱衣、焦竑、張文暉、湯有光、沈天挺、黄祖儒（並黄戍儒、黄複儒）、焦遵生

（並焦周）、陳舜仁及張正蒙。這個名單，與《客座贅語》『詩學』所列文學世家是基本一致的。這些人均與顧氏家族成員有着千絲萬縷的聯繫，可見顧氏是以自己家族爲中心，勾勒出明朝特别是晚明時期金陵詩學的面貌，某種程度上可補地方志人物類之不足，爲晚明江南地區的詩學研究提供資料。張煥玲、趙望秦所編《古代詠史集敘録稿》認爲『《金陵卧遊六十詠》當與《金陵名賢詠》爲同書異名』，非也。

此書有清抄本，南京圖書館藏，其封面有題簽云『顧文莊金陵名賢六十詠』，又有『良熙』識云『此六十首不知已刻入《全集》否，尚待查考。』其實早在明萬曆四十六年（一六一八）刻本的《嬾真草堂集》卷一中已經將此書全文刻入，並附『續金陵名賢詠一首』（太學焦尊生及其弟周），《四庫禁毁書叢刊補編》第六十八册曾加以影印。民國時翁長森、蔣國榜所輯《金陵叢書》丙集中據萬曆本排印，《叢書集成續編》第一一八册又據之影印。

《金陵全書》收録的《金陵名賢詠》以南京圖書館藏清抄本爲底本原大影印出版。

瞿林江

此六十首不知已刻入全集否尚待查考

良遜識

於文莊金陵名賢六十詠

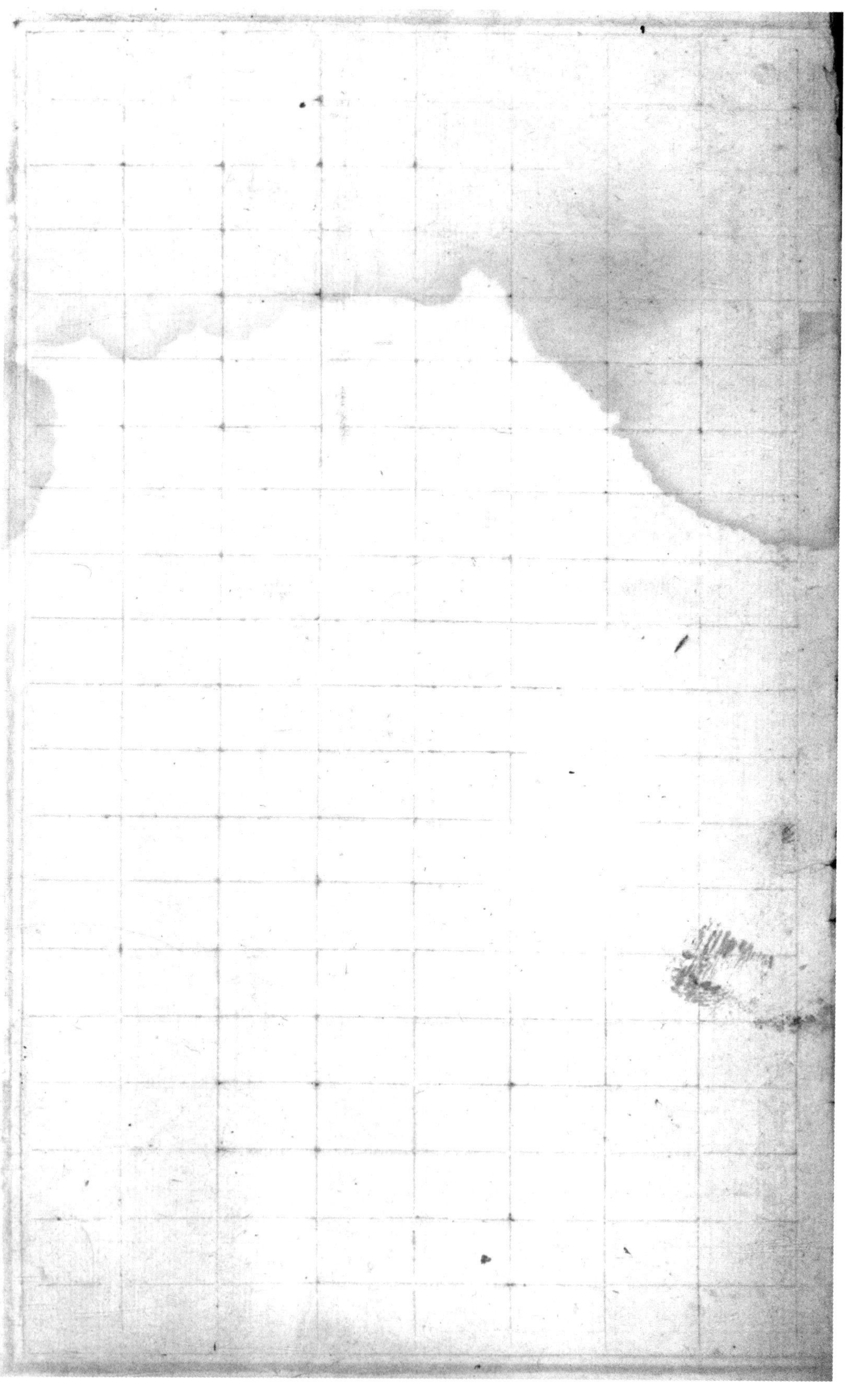

金陵名賢詠六十首

金陵故人文崑鄧也垂芬縹簡後先相望余曩從外父太守王公游常聞其稱諸先賢也私心願執鞭已復質耳目所睹記者間書短詠以志嚮慕竊比國寶訢慕之遺其他尚期嗣響非敢軼也

中行先生陳公遇

金陵布衣　高皇帝首下弓旌之招嘗稱曰陳

遇吾之子房

鍾山孕靈氣鬱此縣黎姿沈冥邁軸間翺翔爲帝師

大隱寄蘿門英英標紫芝天網頓八紘鴻飛安可知

都察院右副都御史丁公璿

雅有局量犯而不校人曰丁仲衡汪汪千頃陂

中丞敬禮流落落亦穆穆亂繩解潢池飛存鎮南服

賜環既匪榮罵座亦匪慝退食何逶迤流覽無滯目

進士陶公元素

幼有箕潁之志舉進士棄官奉母以誦讀終天

年

希文好栖託雲松自緺纓仮輿中所私纓冕非所述

矢以禽尚親寧問許史游閱覽窮百國長嘯揖九流

湖廣布政使盧公雍

武選郎爲大司馬白圭王竑所器父喪棄官盧

墓芝生於側詔旌其門

盧公薇省彥有懷自天性蕭瑟白楊風淒其蓼莪咏

蔓蔓五靈華亙精叶神鏡旅松有遺諜千秋一相映

南安知府金公潤

土木之變公卿泣於庭潤謂大司馬曰大夫大夫臨危授命正在今日豈徒自經溝瀆耶衆收淚謝之

伯玉頗牧才運籌帷帳内灑淚憂神州金輿郤還載出東玉麟符於莵戢其喙歸來洛社游邈矣耆英輩

南京禮部尚書童公軒

黄門獻納日月天府游登八座而蔬食水飲中常泊如

尚書蕭英盻切雲冠華貂補衮伏青蒲未央何遼遼

元斗酌喉舌蒼龍飛絳霄朝典固潛憶德音良不恌

處士賀公確

少工占畢一不售浩然常往以菊爲友故稱彭澤家風

處士據朗照窺天瑩玻璨翠蚪（斗）機浮雲無心舞涔蹄

雞菊有佳邑南山秋以淒何哉祕書監白首猶栖栖

翰林侍讀學士張文僖公益

步武黃閣土木之難身膏草野人悲其厄而憐其忠

學士掞天藻雞龢叶塋韶帝車偃髮頭三台忽招摇龍戰中邂野英魂逝安招芒哉過土木日夕悲風飄

南京禮部尚書倪文僖公謙

中歷崄巇晚登要津故未竟厥施然文章之美

蓋代

文僖秉修度目如巖下電文府麗珪璋允矣金閨彥
楚蘭中忽推趙壁終然薦毛羽鳳皇池亮隲故非羨

隱君金公琮

琮有文苑名字法趙松雪晚出入張外史予嘗
見其合作撮二子之標

琮也豐年玉黃流寫嘉卷誰哉職方誰歎龍媒色彫褢喪
長嘯往彌深疎節跡逦遁元老筆挺戈矛森然赤松嶂

都察院副都御史陳公鎬

所在有政績常纂金陵人物志上下千載東南禮樂盡在是矣

陳公世龍門人倫厖鍾呂崐山握其珍先洞沉屏渚汝南傳耆舊華陽志士女禮樂東南間千秋在斯舉

少保吏部尚書倪文毅公岳

禱渾源之神而生名德文章魁炳一代方之文僖幾擅出藍之譽

少保自岳降顧盼如有神斤語折華實思皇為國楨
穆穆秉天秩翼翼甄人倫撲滿垂令言之子往不轃

戶科都給事中魯公昂

給事以言左遷拂衣歸金陵言時事輒髮上衝
冠

魯公磊砢流英風葢人上諤諤執戟閒瑱環世交長
離振高倡謠詠三閭放忼慨乗平生撫几一怊悵

廣西按察僉事邵公清

御史忤閹瑾除名歸依外家居督學使林有孚往看之語移時家貧遂無茗椀林歎息而去

懿彼介石士屢躓氣彌伸桓桓白馬生峻節凌高旻旌車賁巖穴一往辭昌辰於邪謝所愧蕭然看甑塵

南京户部尚書吴公文度

寬大長者視諸羣從如子也與人交不以貴賤易態至今稱之

延陵起葭墻天倪抱其冲翺翔近北斗穆穆如清風

朱紱在其身蕭然明素衷韋布展宿好薀衆誰自雄

太子少保南京户部尚書周襄敏公金

爽朗開大有經制材為給事中劾都督爲昂進女弟直聲振天下

少保負英槩清氷符樂令公妻吳公女指顧儼干城長材橎天境狺狺虎豹關孽歷倏以正樹羽芬若林祁連職誰競

贈尚寶司卿何公遵

死諫貽書陳太史以母老爲托王吏部亦同難
踰年死人稱王何
天子御八駿駸駸江漢邊孰是嬰逆鱗身與言俱捐
利器誰可假神魚脱於淵南征駕猶復身毁志已全
吏部郎中王公鑾
孤標如野鶴之在雞羣峻節如霜臺籠日肅肅
有遠志
吏部器晚成謖如松下風策身要路津孤尚鮮所同

昌言叫閶闔折檻一何雄捐軀信余志攀髯入雲中

刑部尚書顧公璘

司寇高視緩步負天下重望遇時貴人或傲然不屑意終困蒼伯之遇文章槩諸金陵前無古人

司寇邦興刑彪然若風虎牛耳狎齊盟長轂轢千古高揖丞相坐則莫予敢侮魚魚北海尊落落東山墅

行太僕卿陳公沂

有德有言人倫標表書繪皆入能品晚與顧司
寇浮游諸寺即席挾賦文采照人
陳公鳳池客艾髮青雲姿桂樹太山阿宧窊干雲枝
一失貴人意原簪終不思殺青二三策千秋良在茲

太僕少卿王公韋

風稜屹如詩婉孌有才情子逢元藻性溢發工
書畫性不羈毀垣敗屋蓬蒿滿門不以介意
太僕庇天性白華振遙什詎以纓緌縈易彼厠牏給

羊腸車所戒雞骨牀以集傷哉蓼莪詩孤意覓安即

中允景公暘

嘗語人曰文取達意若以摹擬爲工按古人之跡尺寸之何以達吾意時賞其言

伯時弘人度蕩蕩涵九有芬芬握蘭椒從横掞科斗版輿奉親慈僂盲忽以剖雅志多所睽純德庶不朽

工部尚書劉公麟

爲尚書歸布衣芒履踽踽行里中嘗遇豪宦於

故人許見其老而率衷素心易之已問知爲劉
尚書頰赤汗下
咄咄郡國守何物中常侍一錢故匪持千金逝安覬
鵷鷺朝殿鳴讙書夕已至終然戾履趨羨彼神樓字
南京都察院右都御史張公琮
平生常禄外非其義一介不取公退閉門危坐
門無雜賓
文僖祀國殤繩武唯大夫汎蹤戒其同高賢信愉愉

雀羅門外設象冠府中趨懸車謝明主何哉賢二疏

延平太守金公賢

生平重惇睦賙恤與王太僕交同之白首太僕常有所貸卒即取劵焚之

給事開美度七尺鬚眉蒼燒詞折梁獄避勢守淮陽五馬亦倦游秋風歸故鄉雅志希獲麟遺編滿浪浪

徵君謝公承舉

八歲能詩長博綜羣籍善談論四座盡傾同時

任德亦知名人稱江東任謝
皇精鬱豐芭兔罝隱奇士高詠紫塞篇丱角衆皆靡
少文誠臥游井丹非吊詭斗酒發曼聲千金莫予視

徵君徐公霖

武皇南狩帝召見霖雨幸其快園授錦衣鎮撫
賜飛魚服狎之與上同臥起
徵君歷落人修髯如戟張踞蹐諸儒中跌宕天子傍
狂揮金薤書一一如琳瑯遺編與名跡寂寞令人傷

按察副使顧公璪

陳元舉嘗曰顧英玉嗜酒類狂閒闗則狷又曰

英玉雀羅彌户鼠跡印牀

觀察意多忤厭與人周旋傲骨未可絀羣口飛刺天隱

拂衣歸故廬曲突晨無烟凝塵時滿席空歌飲酒篇

太子少保户部尚書梁端肅公材

狷潔之性途暮逾貞為尚書宅憂歸始有居室

甍未久而家人赤貧

梁公社稷臣諫峙磐石姿自失貴人意獨緣明主知
一廛蔽風雨百指常若苦饑故劍行已求師師垂素絲

江西按察副使李公重

清節自苦解任後數年忽睹家人屋中牀間爲
官物亟背其人舁歸舊任

江左峻月旦羔羊古遺直巖巖李大夫惟民標浚則
東壁挂胡牀歸來案無食精舍引諸生鐘球照顏色

徵君史公忠

性豪狹不喜權貴人有不合輒引去遇所善則
留連竟日每醉後按拍歌新詞音吐清亮旁若
無人

癡翁真戢世紼謳觀怛化樓上白雲棲金波以時瀉
槃礴引呼盧雲藍寫掘柘孤鳳攀（摩）赤霄飛鳶欲誰嚇

居士顧公源

豪雋不羣詩書畫天趣迥絕晚節深達禪理臨
終端坐而瞑室中開蓮花三日香

吾宗性標令𨀐若蛾眉雪揺筆走烟雲曠世以三絶
何肉與周妻蓮華在其舌遺編玉露繁泠然令心折

陝西左叅議陳公鳳

許太常目陳元舉巖巖有胸中氣然覯覽甚富
藻思絶倫可與昔賢爭衡

元舉不耦世世固鮮所耦傲倪圭組閒咄嗟牛馬走
欣慕挹遐躅曠然敦尚友狄志沉重塞門清華藹文
藪

隱君許公隚

不事生產與顧司寇王太僕爲布衣交足跡歷名勝所作蕭散有林下風

彥明高陽侶曠度一何朗腃具耽遠游石流發哀響身置丘壑中臥游羲昌上

太子太保兵部尚書王襄敏公以旂

英嗣授國華太丘道彌廣望傾朝野爲三鎮得華裔心居鄉長厚月旦無閒言

少保國重臣王鋐陳東序攬轡甕豺狼秉樞扞牧圉循墻肅三命傴傴僂恊唐許立雞巵朱蹕將將振靈緒

孝廉金公大車弟大輿

太守賢子兄弟以詩名然伯氏故當白眉二難並殊絕衆許雙南金弓箕闡素業阿閣鳳皇吟人籟叶韻篪塤篪伯氏振其音高義驅古人惜哉終陸沈

翰林侍講邢公一鳳編修胡公汝嘉

邢工篆胡工草胡又好古書畫玩具有識鑒二

公文雅風流相似仕齟齬亦李孟之間

邢侯碩而長胡公壯而偉步武入鳳池後先下龍尾

人材總瑶琨宦蹟並蔞菲文采何翩翩君子終有斐

奉新令陳公芹

子野雅志泉石嘗一為令善寫竹詩字奕奕奄

有江左風流

陳公江海客晩號神仙宰華髮臥天台邉胸弄雲海
紱冕非所志紫芝行可采寒梢寫鸞谿旅興固有在

瓊州太史守王公可大

公本名家子負才氣高自標置揮毫授簡爍若
雲霞鮮衣芬潔有荀令之風
太原亢宗彥傀俄如玉山垂老珠崖行載石萬里還
閉戶著書成墨池走潺湲僊佩聲瑳瑳飄揺天地閒

南京太常寺少卿許公穀

舉會試第一人中年挂冠風流照耀江左生平
無疾言厲色人稱長者
奉常秉淑姿駕鴻致身早水鏡人所歸慈和以為寶
縣車方盛年文酒用娛老熙熙登春臺天醜(壤誰)醜好
陝西苑馬卿盧公璧
刻意尚行宦遊歸田宅無所增置好秋菊有東
籬品彙編
范陽挺孤秀崯崎違所如飛遯天不畸四壁空圖書

秋菊飡落英玉露被前除鹿門有載酒鼠壤無餘蔬

南京禮部侍郎殷公邁

什三在朝什七在野雅耽禪悦之味不以圭組挂懷

淵源蒼生望因緣宰官身乾慧潤法流舍筏涉其津揮塵自名通栖遲支許倫遺榮道所貴寥寥辨斯人

禮部主事李公逢暘

方正有道南國之紀焦太史常目楊太學李祠

部皆金相玉質彬彬君子也
章相貴人靈蘭瀡謝所染夜告矢勿欺夙興戒無忝
炯炯燭希微孜孜厲風檢吾將陳四科俎豆諒非玷

太學生楊公希淳

游楚黄耿先生之門超悟解脱顔愳之流
末學互苓奮飈輪爭舛馳太學探玄珠一往超其師
常無以覿眇因恬以養知貞期洞元化夕死可在斯

南京吏部主事黄公甲

挂冠盛年文酒自娱好嫚罵人多避之常自負

爲文谿刻不減二陵

汝南抱書淫靈戚抶其副萬古一盪胸時獨引醇酎

宇宙有畸人唾涕走耆舊蘭摧芬有餘蕭艾非所嗅

太學生盛公時泰

趺宕不羈倚馬萬言好賓客户外之屨常滿晝

竹石枯木蒼然映人

盛覺胖泂彦龍章信悠忽曼衍以窮年瀟灑送日月

筆倒三峽流理屈何勃窣玉樹埋土中朱華一朝歇

江西按察僉事阮公座

簡元有聲歸隱日杜門自重郡鄉飲以其出爲邦家之光

觀察猬者流嶠崪倅韋波胡然事脂韋一官自婆娑青青山上松增冰欝嵯峨至貴國爵并所得孰與多

邵武太守鄭公宣化

故武選郎以事忤權相及其黨一麾出守卒於

郡氏思其德為祠春秋祀之

齗齗畫省郎沈沈府中居一麾丞相版三運侍郎書啜醨識微洞存雄道靡疎偃蹇良所好彼已難相於

南京刑部侍郎吳公自新

飲人以和見者以為親已海内名流共相推轂卒之日不勝殄瘁之哀

延陵何朗朗太清無滓穢闈門惟肅雍容止非藻繪有友必名流所至盡遺愛高才（位）年未酬餘風見前輩

先中憲大夫浙江按察副使府君諱
焦太史與元書尊公醇厚冲夷瀟灑奄逝凡在
知交皆為悲悼如賢兄弟其何以堪
大人抱太冲衆莫窺其際龍性守循默狙用捐豈第
詠德明祖風割產翊宗制道悠無永年誰為問司契

隱君王公可立
清時絕俗兄官太守而富公視之泊如也年九
十而終名德為鄉里祭酒

太原門棨戟，蕭然臥環堵。辟世非墻東，清言揮玉麈。
中殗五侯鯖，晚薦三賔俎。大耋何所嗟，流風播庭戶。

新野令李公登

天性淳厚，從楚黄耿公講學，稱高足弟子。晚通
禪那，精六書學，四體字足參古人。

士龍邦典刑，玄覽在人外。孝謹被子孫，一門儼三代。
栖真令靜侶，化俗古遺愛。才藝了十人，斯文自茲在。

學士余公孟麟

舉進士一甲第二人官至南大司成寧素坦夷
耻為矯飾而弘奬風雅不以齒位驕人
承家中朝籍華國北扉橐射策董臨軒解組夔典樂
高文自粉斧遠志更寥廓三復雅游篇千秋欣有托
安陽令周公元
才質奇俊語必破的舉進士為令而殞天假之
年未易才也
屢試不見收一出乃驚世咳吐必驚奇凌雲氣常厲

干將與莫邪不戢析其鋭遺書何寥寥至今軫流議

文學盛公敏耕

遍覽三教百家焦太史亦推其博雅不遇而死

識者悼之

虞公行祕書令也識斯人有間無不知流覽富無垠

生平鄙章句游泳淵玄津惜哉時不與瘞此荆山珍

給事中沈公鳳翔

尹蕭山清素如儒者才品為一時所重封駁岳

岳有直聲

休文質韶令幼為時所知拂衽企青雲砥節吟素絲

棠芾蕭山陰桐萎掖垣枝沈綿用未究俛仰令人悲

參岳張公後甲

風期恬雅中年仕宦旦夕顯膴而拂衣歸卧人

推其高

有耳生車傍仕者恬蕉境夫君服政年拂衣謝薇省

座無朱屐豪門有白扉靜薦剡方在屛灌然悲促景

參岳何公湛之

才穎而仕(雋)仕歸雅談玄釋書法遒美胡太史之

流亞也

三世四甲第華腴游登陟彿彿十指間隱暎青霞色

稍同周顯嗜終異柯(和)嶠惑文酒談霏霏思之三歎息

侍御史何公淳之

文雅風華不以纓組自絆詩畫雋美彊記尤為

流輩所推

仲雅偉丈夫性頗耽粉黛高咏玉臺篇嫩曳金閨珮
適人癖未捐名賞多所愛靡靡齊梁閒流風至今在

雪浪大師洪恩

風期俊爽議論疊疊動人博通內典詩字有晉
唐風流

恩公實散聖俊氣邁寥廓當其獨往時肯受梵網縛
游戲行三車矯若雲中鶴肉眼多所譏徒為智人謔

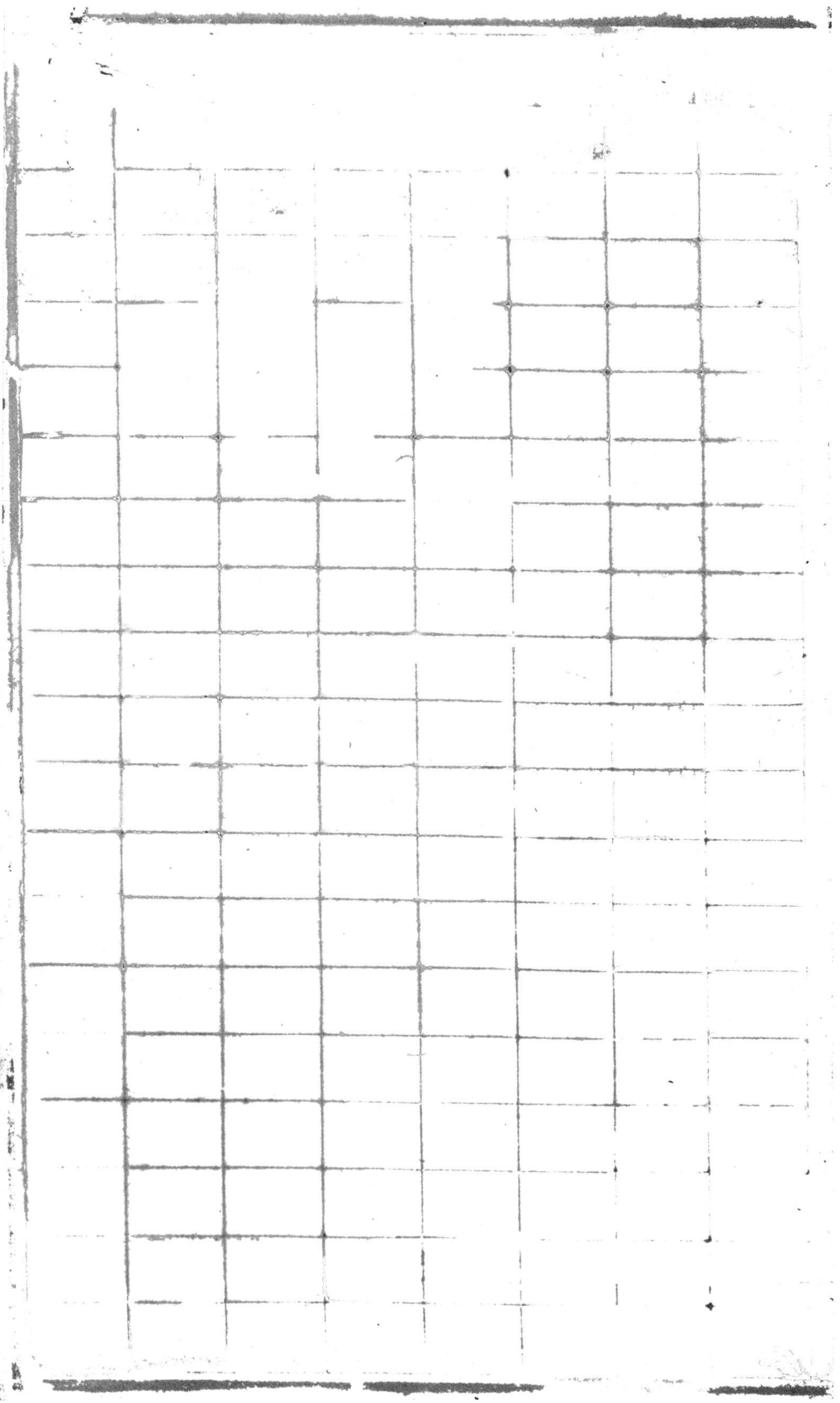

金陵全書

乙編·史料類

金陵卧遊六十詠

（明）顧起元 著

南京出版社
南京出版傳媒集團

提要

《金陵卧遊六十詠》一卷，明顧起元著。

顧起元（一五六五—一六二八），字太初，一作隣初，自號遁園居士，江甯（今江蘇南京）人。少穎悟，好博覽，萬曆二十六年（一五九八）會試第一名，進士及第，授翰林院編修，萬曆三十八年（一六一〇）遷南京國子監司業，累官至吏部左侍郎兼翰林院侍讀學士，後以母喪去任，七徵不起，卒謚文莊。顧氏師從王可大，著有《毛詩正變指南圖》《詩經金丹匯考》《中庸外傳》《顧氏小史》《金陵古金石考目》《説略》《客座贅語》《遁園漫稿》《蟄菴日録》《雪堂隨筆》等，事跡見《啓禎野乘》《明人小傳》等。

金陵不僅是人文淵藪之地，更是山水勝地，鍾靈毓秀，歷史底藴厚重，爲明清文人結社雅集、流連題詠非常集中的地區之一。明末余孟麟曾將其生平所遊覽金陵諸名勝二十處，繪成圖畫，各著詩紀之，後又邀焦竑、朱之蕃與顧起元三人共同賦詩唱和，編成《金陵雅遊編》，刊刻問世。二十多年後，當六十六歲的朱之蕃再次見到《金陵雅遊編》刻本時，余孟麟、焦竑都已在數年前去世，他感慨繫之，決意將勝事延續，遂覓得金陵美景四十處，囑託年輕畫家陸壽柏逐一描摹，自己則爲每幅圖寫記賦詩，編成『景各爲圖，圖各爲記，記各爲詩』的《金陵四十景圖詠》一書，以此來紀念舊友。顧起元則又爲之重新賦詩四十首，加上續詠的舊遊之可記者二十首，通爲六十首，即爲《金陵臥遊六十詠》。

此書共題詠金陵景物六十處，大致可細分爲山、水、岩洞、寺院、亭臺樓閣、舊城遺跡六大類，其中山有鍾山、方山、雞籠山、牛首山、盧龍山、攝山、幕府山、四望山、東山、祖堂山、半山、戚家山、吉山、龍山十四處，水有秦淮、白鷺洲、龍江、太平堤、青溪、莫愁湖、梅花水、烏龍潭、蟹浦、南澗十處，岩洞有燕子磯、達摩洞、三宿岩、嘉善寺石壁、虎洞、獻花岩、三臺洞七處，寺院有弘濟寺、靈谷寺、祈澤寺、天界寺、衡陽寺、花蓮寺、太岡寺、清涼寺八處，亭臺樓閣有鳳凰臺、謝公墩、雨花臺、憑虛閣、天壇、落星岡、報恩寺塔、周處讀書臺、木末亭、草堂十處，舊城遺跡有石城、烏衣巷、桃葉渡、杏花村、長干、冶城、舊院長橋、邀笛步、胭脂井、白下橋、德恩寺南路十一處。每一處下均大致介紹其具體位置、來歷、別名及周邊相關景物等資訊，然後賦七言律詩一首。如『鍾山』下，顧氏云：『漢曰鍾山，吳以後曰蔣山，以子文之故。《圖經》曰「南四大山，衡、廬、茅、蔣，金陵有其二」，指此。國朝高皇帝孝陵在焉，東有懿文皇太子陵，曰東陵。又名紫金山，嘉靖中敕封曰神烈山，元張鉉《金陵新志》有圖説可考。』其後詩云：『天作龍蟠表帝州，橋山弓劍想宸遊。雙峰敻跨青霄出，萬壑爭穿碧樹流。雲偃翠虯擎玉殿，煙乘紫鳳結金樓。東陵一望還蕭瑟，杖底西風接素秋。』描寫鍾山雄美壯闊的同時，也表達出對懿文皇太子朱標的惋惜之情。

余孟麟、焦竑、朱之蕃、顧起元四位金陵名士同氣連枝，彼此聯絡有親，故《金陵雅遊編》以及後來的《金陵四十景圖詠》《金陵卧遊六十詠》等影響深遠。後來他們又與姚汝循、李登、盛敏耕、王可大等交遊，共結『白社』，切磋詩文，從而在晚明形成一個以金陵題詠、結社聯姻等活動爲紐帶的異常親密的詩學團體，在金陵文學史上畫上了濃墨重彩的一筆。不僅如此，書中對景物的相關描述，對今天南京地區文物的尋訪與查考也有一定的參考價值，如『報恩寺塔』下顧氏云：『寺地舊有白塔，云是阿育王所建。永樂中，就舊天禧寺重建大報恩寺，起塔九級，中藏舍利。《金陵志》言舍利甚詳，不知今塔所瘗即舊所貯否。塔高二十四丈餘，瑰麗古無其比。』正如三任首輔的葉向高爲《金陵雅遊編》所作之序云：『使荒台廢榭、頹址遺基不至湮沒於寒煙蔓草、闤井市廛之中，令後來者有所考鏡。』

此書完成於天啓乙丑（一六二五），最早編入《顧太史編年集》亥集中，今有明天啓、崇禎間刻遞修本，半葉八行，行十八字，白口，單邊，無欄線，上有『洞庭姜山客王穀』的圈點，今中國國家圖書館、中國科學院圖書館、日本尊經閣等均有藏本。清乾隆庚辰（一七六〇），顧氏六世孫顧士愢（字惕旃）、顧國光（字震東）、顧鼎新（字佑申）三人於鏡澄堂校訂重刊，書前有天啓乙丑顧氏自題及目録，亦半葉八行，行十八字，然不見於相關書志、目録記載，藏書家黄裳一九五〇年曾得一本，爲徐乃昌舊藏，今未見。

《金陵全書》收録的《金陵卧遊六十詠》以中國國家圖書館藏《顧太史編年集》本爲底本原大影印出版。

瞿林江

十二

顧太史編年集 亥

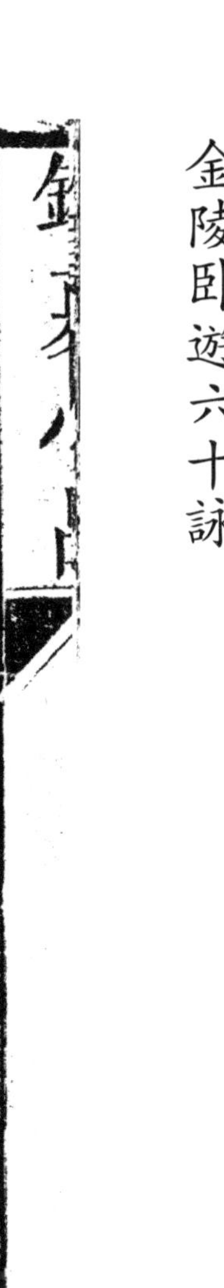

金陵卧遊六十咏

江寧顧起元太初著
洞庭姜山客王谷點

鍾山

漢曰鍾山吳以後曰蔣山以子文之故圖經曰南四大山衡廬茅蔣金陵有其二指此

國朝高皇帝孝陵在焉東有懿文皇太子陵曰東

陵又名紫金山嘉靖中　勅封曰神烈山元張鉉金陵新志有圖説可考

天作龍蟠表　帝州橋山弓劒想宸遊雙峰矗跨青霄出萬壑爭穿碧樹流雲偃翠亂擎玉殿煙乗紫鳳結金樓東陵一望還蕭瑟杖底西風接素秋

石城

唐以前西臨江水削山成壁色赤如鐵六朝

依此爲險諸葛亮云石城虎踞此也今去江

地遠下爲城濠

虎踞巉巖四望遥高天雪霽轉岧嶢丹樓乍憶

霏初定粉堞還疑霰未銷朔吹千崖踈落木江

風萬里溯寒潮扁舟未返山陰夜横遂聲隨玉

樹飄

方山

山以形名一曰天印山秦淮水從東來遶其

南西北陳太史沂金陵圖考列山于淮水之西誤矣山頂有石龍池南有洞玄觀葛公洗藥池在内明盛時泰結香茅宇于此東有東霞寺北有定林寺

天印山形類削成淮流四抱儼王城望雲不辨峰巒色踏徑惟聞鳥雀聲仙掌何緣通箭括壺丘無地訪蓬瀛葛公丹井清堪濯瑶草奇花滿路生

秦淮

源發于句容溧水至方山東南流向西北貫都城西出大江楊吳時自上水門别鑿一河爲城濠至下水門而合南門介二水間門内橋曰鎮淮門外橋曰長干

淮流浩渺接長江表裏都城映帶雙○綠○樹○拂○堤○臨○畫○檻○朱樓夾岸隱雕窓鴉盤曉色開粧鏡鷗影春波侶釣艭狂殺吳姬酤酒肆花飛滿店玉

爲釭

白鷺洲

洲在今三山門外西至江東門上新河是其遺地其名以李太白詩而著所謂二水中分白鷺洲者蓋以内爲秦淮外爲大江故也

芳洲一片緑波長平地煙横白鳥翔紉珮遍尋無宿莽繫舟隨處有垂楊採菱游女紛相媚折柳征人黯自傷試向高城頻騁望蒹葭木冷夜

蒼蒼

烏衣巷

晉王謝所居在今武定橋東沿秦淮而東至上水門一帶桃葉渡正在其處今人指城濠南赤石磯以上爲烏衣巷非是

衣冠南渡説烏衣，六代興亡有是非。列戟幾看，龜組在，望塵空憶犢車歸。椰堤細引青絲笮，竹逕斜通白板扉。泥落梁空棲燕老，祗應明月上

天飛

鳳凰臺

晋兎官閣之南其地在秦淮南連小長干閣在今驍騎倉内臺在其右鳳遊寺之南舊前臨大江今爲楊吳築城所蔽故三山白鷺洲皆不可見弁州鳳臺園記疑此非太白所咏者或未之考也

靈蹟何緣傍法壇、高岡舊接、古長干、丹霞蔽水

桃千樹絲雨漫天竹萬竿明月可能招舊侶浮雲何意見長安齊丘遺咏猶能記蔓草寒煙不忍看

龍江

在今下關其得名以盧龍山下瞰大江故今商賈泊船之所有靜海寺天妃宫

盧龍北枕　帝都雄西北羣峰赤岍通城闕四圍山色裡樓臺三面水光中人煙不斷連江雨

客夢常懸破浪風曾記蓬窗深夜泊霜鐘聲動蘂珠宫

弘濟寺

在外郭觀音門之左後倚石壁前臨大江有觀音閣俯瞰江岸令人股栗奇險爲金陵諸刹之冠

赭岸弘開選佛塲樓臺廻合隱江光晃鐘忽向波心涌猊駕疑從水面翔綱布梵王千寶寄衣

傳天女六銖香悟來頓舍恒河筏漫憶曇摩泛海長

太平堤

堤在太平門外北抵鍾山草堂之麓　國朝三法司在焉西帶後湖東帶小湖曰燕尾其名見南京刑部志又東爲鍾山

雙虹夾鏡浴芙蓉目送遥堤綵翠重風熨碧波爲練色日鎔紫氣作金峯湖分燕尾宜名燕山

近龍盤總字龍浩蕩春風隨步屧溪光林影上衣濃

鷄籠山

北枕都城宋爲雷次宗築館于此　國朝于上置觀象臺其南列十廟以東即鷄鳴寺

鷄籠南望敞清都北枕高城壓五湖草帘風香秋[illegible]咇茀樹深雲氣曉糢糊星躔珠斗天高下月隱金支地有無想像次宗高館勝幾尋遺址問

樵夫

牛首

佛經曰江表牛頭以其形名也晉王導有言牛首可爲天闕故又名天闕山上有弘覺寺亦爲懶融道場

雙闕連雲古木齊凌空鑿翠啟招提參差鳥翅三休殿蜿蜒蛇盤百丈梯卧攬煙雲疑夏冷坐捫星斗覺天低寒山片石人能誦讒負山林隱

遯棲

桃葉渡

在秦淮上水門之内北對青溪淮清橋口王大令獻之妾名桃葉渡江來此樂府有曲以此得名

淮流曲曲抱溪沙煙霧蒼茫古渡斜帘颭緑波春酒肆樓當紅樹美人家桃花扇嫣眉間月杏子衫分臉際霞莫問烏衣舊時燕曉風吹散白

門鴉

杏花村

在今都城西南隅城下鳳凰臺在其東北數百武許舊有杏花數十樹春日遊人麇集笙歌徹夜不休士人厭之頗髡其樹風景殺矣

杏村斜界古城陰酒肆春旂動客心風暖徑開啼鳥合雨餘門閉落花深招歡吹遂多怠逐扶醉遺鈿尚可尋自笑荆扉還壤接蓬蒿滿地日

蕭森

謝公墩

在今冶城西北晋謝太傅與王右軍遊此慨然有高世之意李太白有詩咏之王介甫誤指城東康樂坊之墩爲此墩故有我名公字偶相同之句不知彼所居者乃謝玄舊蹟人亦名曰謝公墩非安石也墩南望冶城朝天宫北爲梁永慶寺

巘嵚圍碁尚宛然白雲明月已千年丹臺遠識金銀氣紆殿長依日月天城隱雲中雙闕起江流天際一帆懸謫仙既往誰能賦時復提壺藉草眠

盧龍山

在城西北俗名獅子山下有盧龍觀隔城即龍江關關北其地名龍灣

嵯峨雄踞　帝城西迤北羣峰入望低捫壁貪

緣鶩岝㟧搴蘿咫尺阻攀躋玄雲勃鬱龍春起

丹竈丁當鳥夜啼一自挂冠神武後轉憐多病

隔巖棲

攝山

以地多藥草可攝生故名又以形爲繖山見

陳江總持碑文齊明徵君居此捨宅爲寺曰

棲霞今多名此山爲棲霞明金鑾有棲霞志

繖山如蓋鬱霞棲迢遰三峯壘屢迷塔頂雙標

分樹出嶺頭千座借蘿題樹脂歲久垂成乳石
髓雲生化作泥回憶勝遊三十載幾因靈藥步
丹梯

雨花臺

在南門外梁有雲光法師說經于此感天雨
花故名以地出碼碯石又名聚寶山東爲梅
岡有晉梅將軍廟又東爲高座寺寶光諸寺

花臺一望覽皇州佳麗江南此勝遊萬戶星臨

金陵卧遊六十詠　十

金闕曉五樓煙淨玉京秋山多障日雲中出江遠浮天樹杪流無數香車向城去夜深明月更淹留

憑虚閣

閣在鷄鳴寺都城内一覽而盡最爲登臨勝處

高閣憑虚覽　帝城雨中春望轉分明寒煙黯淡圖方就佳氣龍葱畫不成雙闕鳳翔雲五色

千門烏語月三更何人更草吳都賦文薦誰能似長卿

天壇

在正陽門東南　國初合祀天地于此神樂觀在內其外有長道可以眺望鍾山淮水映帶左右元介少宰有天壇勒騎之圖

恍惚金支掩翠旗徜徉馳道想天儀大堤士女春遊日原廟衣冠月出時仙露曉滋三秀艸靈

風秋動萬年枝河東賦奏鄘郊罷陳寶神光下
美池

長干

詩謂水厓曰干以其地在江水之厓故名長
干南即雨花臺北接越臺六朝有人長干小
長干樂府有長干曲

大江春浪漱春沙大小長干次水厓賈舶雨維
烏桕樹酒旂風颭白楊花共攀翠幰投郎果獨

指紅樓問妾家日暮笙歌猶未歇高城啼徹後棲鴉

燕子磯

在觀音門外弘濟寺北孤立江水之上曰燕子者不知何義或曰以形名今有亭榭遊人首稱金陵者必曰牛首燕磯

漫憶春風燕子樓烏衣舊壘倍綢繆玄雲忽涌蒼虬立駭浪常橫白鳥愁樹色暝含瓜步雨人

煙寒斷秣陵秋振衣濯足居然勝千仞岡高萬里流

幕府山

在都城北神策門外晉王丞相導出師開府于此故名

絕巘曾聞駐六師龍宮深谷轉透迤雲多短策穿林遠風急疎鐘度聲遲壁啟雙扉皆翠鑿磴懸九折半蘿垂眄杯坐覽神州勝殊異新亭灑

淚時

達磨洞

在觀音門内東里許山色四圍傳云達磨將
北渡江趺坐于此上有夾蘿峯一曰夾巃

週遭山勢鬱青蒼○誰向空林坐道塲○樹種娑羅
含日冷○花開薝蔔逆風香○西來五葉拈花笑、北
渡千波折葦杭、遥夜峯頭升海月、尼珠常許照
迷方

靈谷寺

國初洗蔵梁寶誌公建塔寺于鍾山之東南曰靈谷入門山麓松栢可數里許中有琵琶街八功德水

落落長松十里餘、從横流影上衣裾、山禽共下僧厨食、野鹿群依佛土居、霜冷踈鐘飄萬壑、日[illegible][illegible]頻三車、仙音豈必關絲竹、八水斟來病已除、

四望山

在都城西其下臨城者即石城也山東有虎踞關頂有南唐所建翠微亭下即清凉寺

四望江山指顧中、西連虎踞石頭雄、傍城砧動千門月、破浪帆歸萬里風、白鷺潮生天浩渺、盧龍雲上樹朦朧、翠微亭好堪乘興、漫憶陳王避暑宫

三宿巖

在龍江關静海寺内巧石嵯峨舊在江滸宋
虞允文破金師歸三宿於此以此得名
江坳玉立鬬崚嶒隱隱波濤漱石棱不見桑田
終變海已看深谷乍爲陵松堂夜鎖雲衣矗蘿
幌秋懸月影層坐憶昔人三宿意臨風把酒氣
飛騰

東山

晉謝太傅家會稽之東山既領朝寄念東山

不置以此山類東山故建樓墅于上因以東山名之地舊名土山今俗尚以舊名其南有石山竹山元介少宰云其地有八山以八音名

誰將樓墅擬東山，千載丹梯自可攀。馬埒尚開松栢里，燕梁猶記薜羅間。日高花院碁聲寂，雨過苔堦屐齒斑。向昔林中笙磬發，共疑絲竹謝初還。

嘉善寺石壁

在神策門外羣山蜿蜒北接石灰山有石崢深數尺狹僅尺許高數仞上徹見天日一線天旁又有巨石其方如印可列十餘席曰蒼雲崖

崟崒石壁斷攀緣一線靈瓏皴碧天共手一藤蒼蘚滑自跟雙屐綠蘿懸雲高不度扉常掩日午猶寒戶未穿賸欲此中稱石隱望山莫擬四

愁篇

祈澤寺

在城東郭高橋門外石馬冲東椛平岡古木二株云是齊梁間物左有水出石隙搆祠于上祀龍女曰龍堂盛時泰水品以此爲勝

坦迤平岡古磵分禪房修竹晝氤氳庭心影合千年樹碑首書殘六代文犬似豹聲常吠月鸛巢鴟吻數盤雲龍堂水品由來勝挾茗時來對

此君

青溪

溪舊有九曲自淮清橋以北白下諸橋所跨皆是其地半在今　大內白下橋今曰大中

九曲青溪抱郭流檀橋如畫影蘭洲蘋花雨集鴛鴦渚梛絮風團翡翠樓垂手秋風迴舴艋弓腰明月坐箜篌驚心千古風流地莫使啼烏動客愁

虎洞

在淳化鎮關北旁有宫氏泉宋人遺碑二通尚在余伯祥司成雅遊集著此目人始知之然經其地甚少盛仲交大城山集祗載全碑而不及洞元介少宰畫圖爲詳

岩扉窈窕許盤桓蹲石疑爲伏虎看雪竇暗穿嵐翠濕霧窓微射日光寒見多玉乳人堪飲聞有瑶華客未餐一鳥不鳴清嘯遠祗宜峯磴出

雲端

落星岡

志謂李太白曾衣紫綺裘與客醉登考集中惟有自孫楚酒樓衣紫綺裘與客泛舟至石城之作而不云往落星岡伯祥司成言在城西南五十里元介少宰謂城西又有二處皆名落星岡不知的在何所一名落星石一名落星墩

紫裘高宴是何年星墮何時上碧天鞭石幾曾蹄海曲支機誰復飲河邊鐙前酒味鷓鴣杓舷底歌聲翡翠鈿知是玉皇香案吏江湖身遠傍珠躔

莫愁湖

在今三山門外其南即白鷺洲唐鄭谷詩云莫愁家住石城村石城云在楚地今湖去虎踞石城甚邇江寧邑志辨其仍在金陵是也

梁武帝詩云維陽女兒名莫愁十五嫁爲盧家婦莫愁又爲維陽人

蕩漾澄湖玉鏡光群峯環黛畫眉長[illegible]憑于波濶溪女船廻一水香鷗夢[illegible]燕泥還上鬱金堂石城人去遺芳在誰憶雙鴛向維陽

報恩寺塔

寺地舊有白塔云是阿育王所建永樂中就

舊天禧寺重建大報恩寺起塔九級中藏舍
利金陵志言舍利甚詳不知今塔所瘞即舊
所貯否塔高二十四丈餘瑰麗古無其比
玲瓏珠塔上青霄五夜金鐙影動揺輪相迤標
吳苑月鈴聲遥迤楚江潮四天雲湧依空住七
寶花香襍雨飃阿育何年曾記莂漫將遺刹問
南朝

天界寺

城南禪林以天界爲勝扁曰善世法門舊有
三十六菴皆枕峯巒遶竹栢萬松半峰竹居
三菴尤勝毘盧閣最高敞可避暑後有圓阜
名琢錬堆

分行寶樹影婆娑幽勝無如此地多茶臼有聲
皆隔竹柴扉無處不垂蘿安禪並向烟雲置結
夏偏宜枕簟過爲報萬松菴主到同龕彌勒意
云何

祖堂山

在獻花岩南唐嬾融結菴于此其所坐洞有一佛字即四祖訪融處融稱牛頭第一代祖故曰祖堂

花岩南接祖堂山、井幹蜚廉紫翠間、天碧有時滲水色、帝青無數列烟鬟、調猿月傍宵鍾起、衝虎風從夜錫還、欲叩融公真祖意、黃華鬱鬱鳥關關、

獻花岩

牛首山門有岡直西而去抵獻花岩云融師修道時猿鹿獻花故有此名東望牛首山樹樓觀儼如圖畫

花岩峻秀萬峰頭天際芙蓉綠翠流風遂孤吹丹磴晚星槎高卷絳河秋日懸銀牓三千闕霞漏金屏十二樓更上一峯名拱北五雲多處是神州

冶城

吳王鑄劍之所故曰冶城今爲朝天宫宫東北皆高岡環抱西有西山道院又西爲晋下

忠貞公墓

千年劍氣燭天遥隱隱雙龍挂赤霄鶴駕宵從三島至鳳笙夜向五城飄星河低傍丹楹轉雲霧紛隨絳節朝欲構靖廬招羽客冶城坊外路迢迢

舊院長橋

教坊司中大街廻光寺之東陂水淪漣綠楊掩映橋聯亘百餘步紅板綠波光影蕩漾爲勾闌遊賞佳境近年祠部將廻光寺以東分置院外此橋遂斷歌舞之跡矣

銀塘瀲灔白蘋遥宛轉橫波影畫橋雨後緩移青雀舫月中清度紫鸞簫芙蓉夾岸窺粧面楊柳垂欄鬭舞腰見說滄桑新變後笙竽非里日

蕭條

梅花水

城北嘉善寺北有崇化寺在石灰山之南石壁涌泉甃石爲方池僅數尺明與化宗臣有梅花水記

翠壁參天秀可捫、靈泉清淺浸雲根、波香自合花千影、光滿惟涵月一痕、鬭茗好從烹石鼎、漱流應許列山樽、何人挹取蘋蘩味、爲薦孤山處

士魂

半山

在城東謝玄康樂坊西至白下橋東至鍾山皆七里故以半山名王介甫僑墩築室誤認爲謝安冶城西北之墩所咏甚多白下城東鳴一牛尨爲可據今東長安街至朝陽門有

半山墩

謝公康樂有遺坊雲蔓風凄古木荒金塔尚開

馳馬路銀塘還傍鬭鷄場蟪蛄弔月淸莎冷鶗鴂先春碧草芳爲笑半山尋舊蹟誤將安石擬行藏

戚家山

南唐韓熙載宅在戚家山其地云是今報恩寺後六朝都城南距淮水置朱雀航王謝諸公皆居淮水外南岡之上南唐旣闢城濠熙載何以亦居城外陵谷變遷難以覆覈如此

者不少

清、溎、紅、泉、挂、碧、崖、春、啼、高、樹、鳥、喈、喈、梵、魚、不、上、

黄、金、袋、巢、燕、還、分、白、玉、釵、春、雨、萋、迷、護、門、草、秋、

風、零、落、守、宫、槐、回、思、夜、宴、圖、中、事、肯、引、朱、衣、踐、

御、街、

邀遂步

在秦淮王子猷邀桓伊吹邃故以爲名周暉

金陵瑣事云今貢院前河岸有石題邀遂步

江左風流蹟未荒清波渺渺樹蒼蒼荷衣光泛中宵月蕙帶寒生子夜霜念我傍橋移畫舫更誰吹篴踞胡牀酧杯一笑千年事漫語齋前種白楊

三台洞

在城北石灰山下當上元福寧二門之間洞最高廣旁川曲竇上漏天日其下卽江渚蘆洲之外烟波浩渺舊無知者萬曆中一二達

官尋而得之

屏山一帶俯江流，靈洞峆岈背郭幽。緑木可能攀鳥路，捫蘿惟許刺漁舟。雲封雪竇獮猴引，月敞天窻蝙蝠遊。蓼岸蘆漪迴望隔，題詩還倩緑苔留。

周處讀書臺

臺在今都城聚寶門之東，有高岡，其下南負都城。岡下有洞，曰蟒蛇，是梁武帝舊宅。曾捨

爲寺曰光澤寺一名鹿苑寺

高臺北枕大河流晉代衣冠此共遊雨過影連
來燕閣月明光映伏龜樓巾車坐愛丹楓晚玉
篴吹横白露秋誰搆名園當勝地酒鎗茶鼎共
淹留

烏龍潭

在石城門之北潭可數百畝南浸靈應觀山
北去卽虎踞宋元嘉中有龍見故名元張鉉

新志謂潭在永慶寺側今去寺甚遠

澄潭百頃静含風虎踞西臨隔壤東客路半穿紅樹外人家多住綠蒲中蘋交不礙看魚戲蓮密惟堪倩鳥通共說波心龍卧穩每驚雲霧接虚空

木末亭

在雨花臺北梅岡之東永寧寺後山上今就其北置方正學先生祠

誰來木末構虛亭高棟踈欞夜不扃水色遠迷
千項白山烟近抹一痕青徑封梅雨蹠猿跡壁
引松風墮鳥翎一自養痾違杖屨幾回清夢繞
烟庭

草堂

在鍾山之陰齊周顒嘗隱于此孔稚珪北山
移文曰草堂之英以誚顒者此也舊有草堂
寺　國朝爲中山王墓

鍾阜晴雲護北山，草堂廻合帶烟鬟。濫巾幾向山庭返，回駕誰從驛路還。秋影柳驚魚撥刺，春聲花發鳥緡蠻。朱門深鎖祁連塚，碧蘚蒼苔滿地斑。

胭脂井

井相傳在陳公景陽樓下，隋兵渡江，後主與張孔二美人自沈于井，即此也。在今上元縣東北紅花地上。或曰清凉寺井者，非。唐宋人

有銘詩皆曰景陽公井一名辱井

臨春結綺盡荒蕪玉甃銀牀斷鹿盧眉黛作窺猶隱綠口脂微涴不成朱先春雀乳聲勞利遙夜烏啼尾畢逋試問吳公臺畔月香魂曾憶此中無

蟹浦

在城北直瀆山下金陵志有其名今似在上元門左右以其名甚佳故咏之

狂憶持螯飲與雄桂帆浦口市秋風霜多甲帶
茱萸紫露冷膏流琥珀紅銀戔泛花光鑿落金
壺浮箭響丁東摩挲醉眼頻相顧兩鬓清霜滿
鏡中

南澗

在今城南小市之南有石橋跨之一曰躍馬
澗又曰蘼蕪澗其水北流入城壕

躍馬橋横古澗遥蘼蕪一望使魂銷綠波南浦

浮春樹碧草西洲落暮潮幾處釣船牽水荇誰家酤肆隱山椒香衫細馬春遊日莫唱三州估客謡

衡陽寺

在太平門外四十里近新林邨黄城巷有山曰衡陽因以名寺寺有石幢二鐫南唐人姓名又一水泚頗甘冽唐法朗説經龍女來聽獻此

渺渺平田白水瀧，鴈飛曾是隔湘江。風摇蘿影翻經夾，雨漬苔痕護法幢。梵唄隔藤飄玉磬，佛光穿樹閃金釭。尋僧共酌龍池水，月地偏宜瘦影雙。

花嚴寺

在城南小安德門外東倚平巒西臨河水寺僧以種花樹爲業如宋汴京天王院花園子

花嚴古刹長河干，蘆花蕭蕭繫艇看。櫻桃春薦

赤玉梡枇杷夏摘黄金丸庭前花作鸜鵒隊堦下枝化虬龍盤不知香樹國何似時取胡麻供客餐

吉山

在城南四十里因梁將軍吉翰葬此故名山最高峻上有吉山寺東去有大山東距秦淮綿亘數十餘里

天高忽展大旗峯東帶群山幾萬重青壁千尋

懸薜荔翠屏九疊障芙蓉盤陀危石蹲疑虎夭矯長松攫似龍樹密刹干無處見西風吹送隔溪鐘

白下橋

即今大中橋是南唐以前都城皆止于橋之西世傳六朝大司馬門在今中正街上元縣之東審爾則東距橋甚邇余謂南唐宮門直今内橋恐六朝宮闕亦當在此

白蘋騁望赤欄遥兩岸烟絲柳萬條天委金波
流夜月江浮石黛染春潮竹枝嫋嫋銀箏起蓮
葉田田畫槳招長遂一聲樓上發落花如雨向
空飄

德恩寺南路

在城外西天寺之東其寺門南去舊爲南院
今荒廢鞠爲茂草矣

寺門南望艸萋萋舞榭歌樓影盡迷䆫徑可禁

行寳穄燕粱誰復上香泥葵根近憶依荒井花艷曾驚滿大堤懊惱夢中春意斷生憎無賴汝南雞

太岡寺

在南郭安德門外西禪橋南有岡突起平田中寺名太岡以此

雙林樹影抱斜暉南望長山接翠微僧院朱櫻當戶結野田黃雀傍簷飛攬衣石冷寒雲出洗

鉢泉香貯月歸爲羡老僧頭白盡經年無客掩禪扉

清涼寺

在四望山人傳爲陳後主避暑宮一云南唐李後主考梵志寺建置在南唐前恐非李後主所居

千章古木蔽丹岑古殿沉沉晝日陰天闢清涼成淨土地銷羅綺作香林松間有月春猶冷竹

下無風暑不侵銷夏豈須攤水曲空山想像翠華臨

龍山

鍾山之南有龍廣山城西北有盧龍山而城南踰吉山三十里有龍山桓大司馬九日宴龍山參軍孟嘉風吹落帽今未知孰是

水碧天青雁路長龍山高宴敞重陽城邊岡勢圍平野檻外江流入大荒歌扇月團黄菊𢧵舞

衣風動紫萸囊自憐髮短常欹帽莫笑狂夫老更狂

金陵卧遊六十詠　　三

金陵全書

乙編·史料類

白門草

（明）丁肇亨 著

南京出版傳媒集團
南京出版社

提要

《白門草》二卷，明丁肇亨著。

丁肇亨（一五六七—一六二二），初名文美，字茂嘉，一作懋嘉，别號肩吾。南直隸長洲（今江蘇蘇州）人。浙江參議丁元複次子，貴州參議杜詩婿，户部左侍郎申紹芳（大學士申時行孫）岳父。少篤志於學，淹貫經史。小試失利，改遊國學。萬曆二十二年（一五九四）中舉，後八上春官（一説七躓禮闈），累舉不第。授北直隸玉田縣（今屬河北唐山）教諭。《白門草》卷末附有少詹事兼侍讀學士文震孟撰《明故南京大理寺司務肩吾丁公暨配杜碩人墓志銘》，稱其『司鐸玉田，能興水利，歲省金錢萬計，永爲玉、豐二邑之利』。司鐸指縣教諭，豐指豐潤縣，原屬玉田，後分置。墓志銘又稱『署篆能紹贖鍰，能弭兵嘩，能使玉、豐之民屍祝至今，蓋生平才具亦僅見一斑』，署篆即代理知縣職務。後晉南京翰林院孔目，遷南京大理寺司務。因患眩侵，卒於任。工詩文。遺著惟有《白門草》。除墓志外，其生平又見《崇禎吳縣志》，所據亦出自文震孟所作志略。

本書卷前，有崇禎庚午（一六三〇）其通家姻弟左春坊左諭德管國子監司業事、經筵日講官陳仁錫序，卷後有壬申歲（一六三二）其婿福建觀察使申紹芳撰《讀白門草有述》、長子丁汝昌題識，大致載明了成書背景。陳仁錫序稱：『公之於詩，素饒吟趣，而一生不敢以分帖括之餘晷，吏隱哦松，始有此帙。』丁肇亨常年忙於科舉應試，出仕後才開始吟詩作賦。還贊他爲人樸誠，『大約遼山遼水間，若使以一腔熱血酹之，必無避也』，可惜『天既慭之一第，又奪之一官，可見者僅有此數首詩耳』。既登第無緣，又仕途不達，所餘惟詩。但其生前没有彙編自己的詩集，因擔心『天又奪之於詩矣』，故長子丁汝昌『弗忍散落而鐫之』。丁汝昌自己在題識中也稱，『邸中惟有詩草，家中並無長物，於古人略同』，但有解詩之客提醒了他，『此中多佳句，子以天球大貝寶之家，何如以零璧碎珪公之世乎』，『因遂以手澤寄之斯編，而公之同好』。申紹芳文稱外父『南官寄泊，三載流光』，則丁肇亨在南京任職時間大致爲萬曆四十七年（一六一九）至天啓二年（一六二二）。時申紹芳任職南京吏部，『白門三載，爲即比舍』，故一直相伴左右，『凡選花命石之社，評山品水之筵，躡屐追陪，居然半子』，墓志亦稱申氏『朝夕上食，行子婿禮甚恭』。據申文，丁肇亨去世前曾遺命編集，『長逝之夕，一燈熒熒，秋蟲泣戶，余與內兄弟飲淚相對，先生猶角巾危坐，莊語自如，卒手一編，付余刪訂，刹那善視而沒』。但遺集彙編成書已是八年之後，申氏作述更是相隔十年了。申文還解釋了書名由來，『獨以白門顔其集者何也？蓋白門固先生邅回之息駕，夢幻之結局』。

本書爲詩文集，上卷收五言律三十一首、七言律三十七篇、五言絕句十一首、七言絕句十三首，下卷收五言排律三首、五言古詩一首、南館四詠四首、序三篇、記一篇、啓十篇、祭文六篇。所收詩文有作於玉田等地，如《夏旱同玉田李令公祭風洞》《季夏同劉撫台登景忠山》《飲三洛臺》等，但多數當作於南京，涉及名勝古跡的有孝陵、神烈山（即鍾山）、朝天宮、祖堂寺、觀象臺、攝山、木末亭、吉祥寺、燕子磯、觀音閣、獻花岩、牛首山、太平堤、後湖、夢筆驛、烏衣巷、高座寺等，在南京交遊者有鍾伯敬（鍾惺）、袁小修（袁中道）、朱蘭嵎（朱之蕃）、吳本如（吳用先）、越卓凡（越其傑）、馬瑤草（馬士英）、文啓美（文震亨）、文文起（文震孟）、文仲吉（文寵光）

等。集中詩文還可補作者生平，如七言律詩《聞升南院幕喜寄申維烈》有『五年苜蓿在藍田，今日蒙恩得内遷』之句，申維烈即其婿申紹芳，藍田爲玉田古稱，據此丁肇亨在玉田縣任職五年，始遷南京翰林院，在南京爲官三年於天啓二年去世，則其出仕玉田爲萬曆四十二年（一六一四）。

本書著録版本有明崇禎三年（一六三〇）吳郡丁氏家刊本（丁汝昌刻）、明崇禎五年（一六三二）刻本、清順治丁酉（一六五七）刊本、清康熙四十一年（一七〇二）丁恒瑞補刊本、民國二十九年（一九四〇）裔孫祖冕鉛印本等。又《吳郡丁氏詩文集》六卷，内收《白門草》二卷和《丁中子詩》四卷（丁沄撰），爲蘇州圖書館藏清光緒六年（一八八〇）鉛印本。

《金陵全書》收録的《白門草》以南京圖書館藏清抄本爲底本原大影印出版。

鄧攀

白門草序

大理茂嘉丁公叅岳玉陽翁之仲子也夙承家學早舉于鄉八上春官僅紾棘寺嗟乎公固志士也公生

而即以功名矢呂士不繇
制科起家即不得有所發
舒故公平生孜孜一第短
檠一編披帷斯在者如處
女閉戶愁人仰屋蓋不知

其爲貴介公子爲少年賢
書且至爲家人產中落而
捉襟稱貸也又何論米鹽
臧獲矣嗟乎公眞志士哉
迨晚以一氈稍遷至南棘

白門草 卷二

幕而公已不起矣方今主上乙科用人節鉞四出公以朴誠有氣如扁公在雖不知其以借箸懋膺者若何大約遼山遼水間若

使以一腔熱血醉之必無
避也惜乎天既慳之一第
又奪之一官可見者僅有
此數首詩耳即公之於詩
素饒吟趣而一生不敢以

分帖括之餘晷吏隱哦松
始有此帙此囿公駸駸五
言長城七言絕頂之發軔
而天又奪之于詩矣長君
禹卿弗忍散落而鐫之謂

予不佞兩家祖父師友淵
源子孫纏綿姻婭而予又
先後同公上春官者最久
知公莫若予故特因公之
詩而闡公之志與公之遇

若此以公之志卑公之遇跡公之詩則當年短檠孜孜之意一段憤光猶出紙背毋乃開元大曆之不足而可以怨之有餘乎雖然

公葛天人也唐虞猶屬雕鏤所以公場而人咸知有公長者也則公之爲人如白香山詩解到老嫗矣又何必更言公詩乎相與言

白門草　亭　匠

公可矣

崇禎庚午季秋穀旦

賜進士及第承德郎詹事

府左春坊左諭德曾國

子監司業事

經筵　日講官通家姻弟

陳仁錫譔

白門草 序 大

白門草序

白門草目錄

上卷

五言律

白門草　目録　一

秋暑登觀象臺

庚申除夕

過中峰石梁

登攝山頂即事

曉上俯江亭

冬日與同寅謝午雲張四愚蜀僧常伯

遊華嚴寺登巢松亭一律和銓部諸

公韻

白門草　目錄　二

喜雨

雪中步入後堂初見梅花

聞鴈二首

季春遊南禪寺

夏日病中同年文文起以詩見訊口占

和韻

王吏部招飲園中子侄同在座

遊盤山上雲罩寺

夏旱同玉田李令公祭風洞

季夏少憇李培而園亭

過呂梁洪謁同年蔣歛華

曉行

贈寶華隱泉上人

壽張隱君

七言律

潘關院大閲三屯營委選灤陽兵馬較

白門草　目錄　三

射試砲作此紀之

同李濟蒼王修吾遊大泉

季夏隨劉撫臺登景忠山

雨中和毅庵兄韻

詠牡丹

毅庵兄寄詩至依韻和之

飲三洛臺

往來平謁夷齊墓

聞陛南院幕喜寄申維烈

過金山寺

新春夜宿維烈署中

同賀斗虛越卓凡邀王濬宇集燕子磯

登觀音閣

贈南司空大夫即景愚出守河陽

清和五日邀王廷尉遊獻花巖

又宴牛首山日晡而返

白門草　目錄　四

師尚書

入署太平堤上口占

冬日文啟美招飲書齋

元宵後沈甬若設席園亭邀金九如喬

詠齋俞容自文啟美并余五人至四

鼓始散

朱太史園桃花甚盛

邀兵部喬詠齋國學辛蓋宁朱公蕃朱

晉明於李家園遇雨復霽

五月三日申維烈邀飲河房陪愚公曹道長即景一律

六月行太平堤

詠後湖

季木王寅夫緜廷評擢司空郎賦贈

贈羅拙庵緜春曹陞武部

課兒一首

寄祝杜振吾内兄

壽潤泉兄七十

白門署中送三子入棘闈

五言絶句

秋海棠

老少年

遊無終洞

觀釣二絶

步月口占

寺中四絕

戲改朱蘭嵎題竹

七言絕句

偶爲河�株所苦毅庵兄以詩見戲口占

荅之

夏日同維烈遊湯泉

遊小泉

詠剪春蘿

瓶梅

即景一絶

維烈齋頭限用險韻

夢筆驛

烏衣巷

摘紫薇花感懷二絶

立秋

白門草　目録　十

閲鑾駕庫

下卷

五言排律

清和月宴客白雲館

越卓九招飲高座寺登看竹軒松風閣

同席者鍾伯敬馬瑆草賀斗虛李新

宇乘月而歸

諸生邀飲煖泉

序

白門草目録

白門草目錄 卷六

遵化縣志序

贈學傅袁蘭室榮擢邑侯序

祝申少師元配吳老夫人七十序

記

遊盤山記

啓

上方相公求言啓

迎周座師榮擢南京禮部尚書啓

迎翰林院郭堂翁啓
賀督餉戶部李侍郎啓
請劉撫臺赴席啓
請王大理赴席啓
壽侍御錢秀峰年伯啓
荅中翰莫寅賡親翁啓
候陳太尊啓
賀張大尹調繁啓

白門草　目錄　乙

白門草　目録　九

祭文

白門草目録終

白門草上卷

吳郡茂嘉丁肇亨著

五言律

陪祀　孝陵口占

聖祖開基遠　皇陵發脉長琳宫逼霄漢隧道貫津梁樹鬱千年秀龜傳萬載香殿中鵲立久瑞靄滿冠裳

中元宿　神烈山與魏衡宇翫月

陵宫齋宿晚皓魄正當頭傾蓋逢知已盍簪勝舊遊清歌渾卻暑新釀更宜秋何似關山月悲笳動客愁

朝天宫同鍾伯敬哀小修羅拙菴辛藎宁

觀演樂一首

聞説觀周樂乘軒入紫宫聲和天地應氣肅鬼神通祠部多玄致司丞有相功洋洋盈耳後躁思不勝融

同王廷尉濬宇飯祖堂寺 中有嬾融祖師道場

寺古樓堂迥，雲深燈火寒。洞連山氣紫，池映夕陽丹。習嬾成眞性，融通結衆歡。何須飯香積，秀色已堪餐。

秋暑登觀象臺

秋日已云邁，閒登觀象臺。璣衡隨轂轉，尺度自天來。寶色侵堦蘚，晶光映石苔。災祥可數計，妙用管窺猜。

庚申除夕

獨坐木天舘蕭踈髮自颼驚風喧宿鳥積雪礴行騶局冷堪藏拙官閑自寡求正逢臘已盡椒酒思悠悠

過中峯石梁

石梁横二里巧琢自天成峭壁行還坐巉巖喜復驚雲深谷巨測松茂鼠來迎應接眞無暇幾虚過此生

登攝山頂卽事

百轉幽林徑攀巖仗竹筇草深時折屐飯熟亂鳴鐘絶頂雲翻下中天霞作供相逢一衲子鄉曲話喁喁

曉上俯江亭

曉起聽江聲霞光映日明風清莫道險浪靜不須驚激石時吞吐揚帆屢送迎憑欄凝望遠身世一鷗輕

冬日與同寅謝午雲張四愚蜀僧常伯遊華嚴寺登巢松亭一律和銓部諸公韻

寺杳不聞鐘林端翠幾重登臨饒曲徑坐對有高峯說劒情方洽譚禪興未慵憑欄一眺遠落日映蒼松

盆蘭

兀居何所事蓄水灌蘭花碧葉堪爲珮紅英可當茶幽香誰是伴清冷我須誇引領堦除下金

莖早發葩

夏日同文仲吉王慎與遊木末亭上有方正學先生祠墓

偶從休沐暇遠遥入山亭叢樹吹清籟飛花散夕暝祠堂千古事墓草一年青二妙欣同至長歌宿酒醒

苦雨

一春常苦雪夏雨復成霖烟迷山外景聲斷樹

中吟漏滴頻移席波翻毎濺襟更憂江左地窪下不堪霪

夜卧聞鐘

鄰唄幽居夜聞鐘覺曉闌嘈吰鄉夢斷歷亂客情酸蘿月侵窓白松風掀帳寒五更澄注想深省悟成歡

元霄後一日同少宰朱蘭嵎中丞吴本如宴周尚書座師　放花張戲

華屋厰春筵尚書曳履前淸歌遶玉樹妙舞綴

金蓮月掛枝頭冷花從烟裏鮮師生情不厭前

席且談玄

春日同沈甬若文啟霙吉祥寺觀梅

無事閒尋勝探梅古刹來一枝橫廣厦萬蘂覆

崇臺日煖花初放山幽香滿垓隴頭人可寄折

取雪同栽

寺前觀雪

慘澹同雲合氷花滿寺傍因風吹柳絮入夜映蟾光野樹俱拖練飛烏半帶蒼輿來披鶴氅欲泛剡溪航

喜雨

夏日暑方劇倏然雲霧生雨傾如峽倒溝滿與堦平涸鮒重濡沫枯槎復茁萌三農酣曬足穮蔉望西成

雪中步入後堂而見梅花

旅館清幽處庭中欣有梅未攀千葉滿乍見一枝開人冷同花寂堂虛帶雪來從茲入香境玉蘂遍蒼苔

闻鴈二首

雲堂鐘磬寂旅鴈呌更闌斷續聲能和翺翔影似殘思鄉回塞漠附信過山巒驚起愁人夢蕭條前路難

臺城歲云莫鴻鴈自南歸塞遠難舒滯天高任

疾飛哀聲傳夜永寒翮帶霜微孤客悲留此何年返白扉

季春遊南禪寺

春郊多霽景選勝到南禪刺史名猶在滄浪水更偏數椽頹梵刹幾樹冐風鳶見說鐘將振微生夙有緣

夏日病中同年文文起以詩見訊口占和韻

塚筆果如山閒情憒欲删抱疴惟桄石接訊始
開關淹蹇夾多絶迂踈家漸艱此中紆折少無
計共塵寰

王吏部招飲園中子侄同在坐

水鑒銓衡重高標世所希芝蘭吐香馥桃李闢
芳霏一榻清風遠三杯逸興飛東山聊寄跡幸
爾暫相依

遊盤山上雲罩寺

九轉登雲路山高不染埃梵宫憑岫起禪室傍崖開塔影凌霄漢鐘聲裂石苔劇遊情未已將去復徘徊

夏旱同玉田李令公祭風洞

洞口吹清籟藍田遍地風吽號山谷動投拂鬼神功旱久埃黄起苗枯野緑空令君同致禱風寂雨瀜瀜

李夏少憩李培初園亭

別業在幽處尋幽避暑侵層山列屏嶂曲水繞園林樹影堪遮日荷香可滌襟思君久分袂獨坐聽鳴琴

過呂梁洪謁同年蔣欽華

呂梁古天塹今喜頌安流細雨溪邊濶輕鷗水面浮莊生濠濮想惠子儵魚遊幸遇同心侶停橈暫獻酬

曉行

白門草　　上卷

長途多辛苦曉發更勞神樹色含烟紫溪痕帶霧青薊門山漸遠吳地水相鄰不理貂裘敝荷衣謁故人

贈寶華隱泉上人

寶華仍寄跡老伴覺皇居說法爭泉響徵心點石餘靈花開化域恐草接淸渠爲問無生訣三空性自如

壽張隱君

季鷹開令緒卜築在通津伏義須千古含淳渥

五倫庭前多哲胤堂上集嘉賓佺偓從茲始靈

光比大椿

七言律

潘關院大閱三屯營委選灤陽兵馬較射

試砲作此以紀之

兵擁三屯壯　帝畿營中一皷砲星飛前矛後

勁人稱武虎畧龍韜將更威　聞風須遁走

白門草　　比埜　　九

白門草　上卷　九

望影自歸依書生料敵言難中敢向轅門論是非

同李濟蒼王修吾遊大泉山有龍土神毋二廟

秋日同遊到大泉酒樽棊局興翩翩波翻鯨翅旋鋪地珠噴蛟涎倒上天石壁龍王修俎豆山巔神毋施金錢他年肴屐重來此脫郤儒冠帶月眠

李夏隨劉撫臺登景忠山上有三忠祠

扶搖直上景忠巔百二金湯此獨偏遼海東分
千里地胡沙北盡萬重天旌旗電閃圍山麓鼓
角雷喧叠畫筵元老壯猷真可倚高山仰止是
三賢

雨中和毅菴兄韻

公車四上笑空歸讀禮哀哀壯志違堂上已辭
萊彩戲庭前忽湧釣魚磯救荒無策愁堪積開
卷忘疲樂可依指日彤墀勤　顧問勸　君身

白門草　上卷　十

白門草　　上卷　　十

瘦萬民肥

詠牡丹　玉樓春

春色凋殘歛衆芳庭中幸有百花王層層樓閣
脂爲點灼灼衣裳粉作粧露滴休誇姚魏色風
吹寧减麝蘭香移栽上苑供清讌首沭恩光未
可量

戊午春毅菴兄寄詩至依韻和之

苜蓿齋中送落暉燃燈獨坐轉吁欷一生呫嗶

残黃卷半世功名愧白扉渺渺雲山常入夢依
依鴻鴈久分飛何時重返衡門下把酒歡呼舊
釣磯

飲三洛臺 上有樓閣溪中泥皆藍色

碧天落日俯晴嵐覽勝情濃興未酣百尺崇樓
堪舉觥三層峻嶺且停驂樹枝吐蘂剛成綠溪
內揚砂盡出藍有主多情留客飲袂沾多露未
難堪

白門草　上卷　十

往永平謁夷齊墓

高崗祠宇樹陰陰，清聖芳名直到今。諫伐孟津悲叩馬，辭封孤竹喜鳴琴。廉頑立懦千秋業，取義成仁萬古心。凛凛英靈應不泯，摳衣一拜滌塵襟。

聞陞南院幕喜寄申維烈

五年苜蓿在藍田，今日蒙　恩得内遷。簪筆石渠隨國老，校書天祿步英賢。蘭臺舊價從來重

翰苑虚名自後傳坦腹風流修禊在秦淮上巳
共翩連

過金山寺

自古名山數潤州一峰砥柱海門秋石崖半吐
蛟龍窟木脉平分南北流殿閣重重丹氣聚浮
屠隱隱白雲流渡江擊楫男兒事誰掃　慰
衮旒

新春夜宿維烈署中

一官寥落在他鄉骨肉相親時舉觴對榻論心消永日擁爐話舊解愁腸牀分蕙帳香風煖饌出椒盤滋味長今日陽烏剛弄影　皇都春色任徜徉

同賀斗虛越卓凢邀王濤宇集燕子磯

暫出都門遠市塵平林曲磴向磯前三山遥映千秋色一水空浮萬里天落燕吞江疑隕石飛帆破浪似登仙浮生幸厠諸公後把酒論文洗

俗緣

登觀音閣

俯憑勝槩足千秋佛閣凌空最上頭檻外諸山齊似伏洲中百艘聚爲郵何年法相留巖石此日慈航渡衆流但得如來時點化浮生穩醉大江流

贈南司空大夫郎景愚出守河陽公起自明經由邑丞在至太守

郡領滇南監壯猷綰符誰不重君侯經明越水推豪俊才著冬曹動　冕旒一世清貞人孰並廿年勞勩績難酬佇看賜爵須金日郎顗芳名冠九州

清和五日邀王廷尉遊戲花巖

纔離城郭過前川木蔭花香別有天宛轉長松遮日影崚嶒高閣起雲烟千巖競秀應傳鉢百鳥啣花爲聽禪聞說鼓鼙　馬勁如何肴屐共

談玄

又宴牛首山日晡而返

盤旋曲磴上山巔攬勝携樽興勃然百級雲梯
難躡地千年靈樹足参天霞迎塔影門中現烟
鎖山光洞外鮮落日西沉鐘磬發徘徊猶共聽
流泉

辛酉端陽

每逢此日稱佳節今歲風光覺黯然兀坐空齋

白門草　上卷　旨

誰作伴盞着老鬢不知年綵符幸有吾兒繫蒲酒欣從阿倩傳更喜避喧須此地江干競渡可流連

午日文仲吉吳孟登申維烈小集限韻

吏隱臺城逃世網一灣綠水對魚罾風迴樹杪聲如沸雨過山巒氣欲蒸傳粽偶逢佳客至飲蒲時見綺譚騰日晡覽勝情猶發共叩禪關月下僧

卽景有感

積雨三旬六月凉秦淮烟水侵河房牀鋪重席
猶嫌冷衣染浮塵盡似霜樹隱蟬聲空客況溪
騰蛙鼓動愁腸陰雲久蔽何時撤萬姓謳歌仰
太陽

中元再上　孝陵陪祀

鍾山雄峙鬱青葱王氣依然絢日紅百尺樓臺
藏鳥穴千年松栢蔭玄宮班行再列天威近玉

帛重陳帝座通生子仲謀空笑好一杯霸土邱鄘同

重陽後二日與申維烈陳希伯棲霞翫月

孫燕貽唱韻和之

寂寂深山夜色清訇鏗惟有梵鐘聲雲開天際諸星朗月掛松稍萬壑明宛轉清歌林木振沉酣濁酒利名輕堪嗟古刹彫零盡殘碣猶留江總名

遊燕子磯畢復登一線天

遨遊江畔到山前曲徑雲深別有巔秀挺千尋
巖上石光分一隙洞中天崔嵬高閣宜邀月浩
蕩飛虹可集仙勝友追隨堪紀興聯篇吟咏待
新鐫

再同朱蘭嵎少宰吳本如中丞宴周座師
尚書

華堂綺席上公來簇簇黃花爛熳開擁比譚經

飛玉屑披襟侍側滌塵埃大魁事業輝黃閣開
府勲名重栢臺愧我蕭然一館幕也隨師躅映
三台

入署太平堤上口占

太平門外一堤橫法吏持衡在此行兩岸池塘
棲宿鷺千株楊柳集流鶯鍾山環拱爭巖秀湖
水瀠洄映日明雨雪遨遊因甚事鞠躬三揖了
浮生

冬日文啓美招飲書齋

楓落長于冬漸殘開尊蘭社共追歡情深揮麈風流遠賦就抽毫星斗寒閣上青藜燃永夜庭前丹桂拂雕闌論心待漏宜邀月好捲湘簾帶醉看

元宵後沈甬若設席園亭邀飲金九如喬訒齋俞容自文啓美并余五人至四鼓始散

隔夕觀燈興未闌今朝綺席又追歡逶迤山徑
幽堪賞點檢圖書秀可餐一曲霓裳忘夜永滿
堂火樹郤春寒徘徊淸妙難言別弄月亭前倚
醉看

朱太史園桃花甚盛

功名看破學鋤犁別搆芳園在市西兩岸山谿
擾蒼鹿雙柑斗酒聽黃鸝經譚皐比諸生集字
問玄亭偶得奇洞口漁郎時進般莫教重棹歎

津迷

邀兵部喬訒齋國學辛藎宁朱公蕃朱晉

明于李家園遇雨復霽

園林強半綠陰屏流水高山對草亭雲氣連巖
無可測澗聲帶雨不曾停將飛復止穿簾燕欲
合還開布水萍薇蕨採供客趣淡野蘭摘得晚
晴馨

五月三日申維烈邀飲河房陪愚公曹道

長卽景一律

秦淮水際坐班荆邀笛亭中逸興生薄縠遮空霞韻好深簾蔽日午譚清濃榴帶雨偏姬髻垂柳和烟拂客枰桃葉渡頭喧競渡晚來驄馬不須驚

六月行太平堤

太平門外債難償胃雨乘軒無事忙十里荷香聊滌暑滿堤槐蔭自生凉鍾山環拱皇圖壯湖

水汪洋瑞氣長莫道棘林無定國裒矜折獄久稱艮

詠後湖

波光玄武接山巒長夏清風枕簟寒一片芰荷香國裏千官旖旎酒騷壇採蓮還唱吳宮曲憑檻猶連晉苑歡莫侈湖中圖籍富四方民力已彫殘

季木王寅丈縣廷評擢司空郎賦贈

白門草　上卷　夬

同棲忽擇向南枝玄武湖光繫去思逸少風流誰可繼孝先詞賦若爲師網羅多士周禎遠平反無辜漢澤滋指日　聖明徵卓異何緣斗酒聽黃鸝

贈羅拙菴孫春曹陛武郎

五年典禮一空囊此日初陞司馬郎倡道夙傳仲素業談兵時上彧生章苦空眞性如方外因果前身是法王愧我書生難料敵願看前著借

堂堂

課兒一首

一生儔蠹與書淫膝下寧馨望不禁慢說壯年蜚藝圃羞看老鬓側朝簪明經佇積丹鉛力奪幟全憑燈火深寂寞閒居無別事研窮子史惜分陰

寄祝杜振吾内兄

髫年藝苑著芳聲荏苒光陰七十庚清白能傳

先世業詩書不忝舊簪纓庭前雙桂秋風近堦下叢蘭瑞靄生匏繫一官親舊好何時共締綺園盟

壽潤泉兄七十

橘井流泉潤澤長上池靈液盪膏肓隔垣見症令秦越舉案齊眉老孟光兄弟金昆推長輩子孫玉樹儼成行良醫續著丹臺籍華表千年化鶴翔

白門署中送三子入棘闈

昔日曾攀桂一枝兒曹復冀處囊錐石田漫說

秋成好金馬還希祖武比甲乙丙前多骰選魏

吳蜀敵少旗廝陸沉我愧侏儒飽匡濟於今望

汝爲

五言絕句

秋海棠

清秋苦寥寂忽睹海棠開姿態多嬝娜美人初

托題

老少年

少小渾無色深秋漸點頭只因不伏老常帶赤兜鍪

遊無終洞

無終即無始此洞亦循環仙人已飛去巉巖不可攀

觀釣二絶

日暮步城墟臨淵羡得魚歸來忙結網勿使嘆居諸
泿煖水成渠竿綸無日虗誰爲任公子一釣獲鰲魚

步月口占

局冷無人問寥寥不似官一身縮三篆淸色尚堪餐
月掛松梢上燈懸竹影中悠然一官舍萬籟總

成空

獨對臺城月誰家吹笛聲迎風邀一奏奚必羨桓生

寺中四絕

獨坐空齋裏飃然自在身離騷常醉讀暢適不知貧

古寺權官舍僧房半啓扉恭禪清俗慮素月冷侵衣

閉戸常辭客披帷毎見僧翳然濠濮想古剎即山林

名掛通人籍身居隱士村楞嚴方解讀悟此荅君恩

戲改朱蘭嵎題竹

修篁植隙地暫爾托鷦鷯一朝挺直節便可拂雲霄

七言絕句

偶爲河魨所苦毅菴兄以詩見戲口占荅之

腹坦便便毒可禳河魨多啖也無傷從來嘗盡諸奇毒天與丁生有别腸

夏日同維烈遊湯泉武宗到此宫人王氏題詩

薊門何處訪湯泉靈迹人傳古寺邊晴日池中疑噴火清風水底自生烟

先皇駐蹕雲霄近宫女留詩珠玉聯愧我濯纓

無限意相憐偏得館甥賢

遊小泉

一灣緑水遶郊田吞吐珠璣説小泉試與大泉

同品第孰爲後也孰爲先

詠剪春蘿

誰家剪就晩春花五月中旬始放葩紅勝洛陽

飛蛺蝶數莖嫩蘂掇黄霞

瓶梅

白門草　上卷　　　　言

夜雨潺潺尚未收梅花塢裏思悠悠摘來瓶内當玄賞數朶芬芳也自幽

即景一絶

皓魄當空影正圓踈林澹蕩出嬋娟須臾遍滿三千界誰謂淸光不直錢

維烈齋頭限用險韻

月掛梧桐正照了佳人露出鬓多鬆鬏韆墜下朦朧眼誰是娘時誰是爺

少長勾欄巷似了面施粉黛帶紅髻一朝嫁作商人婦誰識當年媽共爺

禪林屈曲在山了苔蘚叢生似短髿甬過老僧扶杕立聲聲只𠰷佛爺爺

夢筆驛

夢餘藻思驚成彩筆底生花若有芒莫怪文章隨夢杳迄今弔古憶江郎

烏衣巷

六朝遺址盡成墟獨有烏衣一故居王謝高蹤
應不泯空餘雙燕話欷噓

摘紫薇花感懷二絶

萬顆繁英入夏紅滿庭爛熳傲秋風上林竒卉
多如許愧我看花技已窮

何處仙郎着紫衣薰風末日正芳菲移來幽室
生光彩莫使探花蝶亂飛

立秋

一葉颾飄六月秋終宵雨瀉火西流夕陽弄影
輕煙瞑臥聽鄰砧不耐愁

閱鑾駕庫

開天法從此中收錦繡彫残莫可求三百年來
靈爽在龍光猶自拂竿頭

白門草上卷終

白門草 上卷 ……

白門草 [illegible] [illegible]

白門草下卷

吴郡茂嘉丁肇亨著

五言排律

清和月宴客白雲館

結廬在城畔宛若據山村地逈蘿侵壁花濃香
滿園看雲深樹鎖待月曲欄屯清酌多高士雄
談鮮俗喧不須嚴壑坐塵思已消魂

越卓几招飲高座寺登看竹軒松風閣同

白門草 丁卷 一

席者鍾伯敬馬瑶草賀斗虛李新宇乘月而歸

高座隱山岑千層樓閣深衖盃同覽勝說劔復成吟竹影連苔色松聲和鳥音亂花迎面舞飛蝶趂風侵屈曲通幽徑逶迤入茂林沉酣猶未已蘿月滿衣襟

諸生邀飲煖泉

勝遊尋樂地水煖獨温泉澄澈融金谷瀠洄潤

玉田火龍何處窟冊竈自生烟酌水如湯沸擣
砂似石堅諸生多逸興日暮已陶然

五言古詩

謝曹道長惠二詩扇

桓公驄馬來遺我雙團扇舉手一披揚毫芒烱
如電新裁合璧姿古調珠聯絢祛暑可忘塵滌
污堪蔽面風生兩腋間栩栩多繾綣

南館四詠

鳳城春曉

春色連暮起掩映城頭月吾本獻策人冊心戀北闕首蓿齋中捧檄來单車獨上鳳凰臺漢家宮裏花如錦乞得金莖露滿杯

獨對紫薇

木天稱吏隱書史締深契凍雨灑欄杆清風繞蘿薜晝長人寂鳥聲微一炷爐香掩席扉獨愛紫衣花弄影何如商老採山薇

坐聽松風

窓外是何聲風去聲還在謖謖樹上吟時供我

清籟嘯傲山林獨自歌松風一曲和偏多刁調

不減雲中樂莫向人間俗耳過

石橋野望

散步寺門西一壑清且溜皇居繞城隈石板跨

洞口四顧煙霞樹影遮濛濛山水夕陽斜誰知

旅館多幽趣恰對昭陽帝主家

白門草　卷三

序

遵化縣志序

昔大禹疆理宇内弼成五服迄周外史氏掌
記時事謠俗文獻靡不具載地誌所繇來已
吾夫子修春秋凡田賦臺樹螽蝝石鷁之類
備紀於册不謂其繁且削也薊之遵化非禹
跡舊疆乎邑於漢唐棄於石晋沉淪於金元
無足煩紀載自我

明一統　竊據之地悉入版圖
成祖文皇帝定鼎燕都而茲邑在甸服内爲
神京翼衛且也九邊重鎮莫先薊門而遵化尤
稱要害遼左之羽檄朝鮮之旅貢絡繹於道
途其所關理亂安危詎淺鮮者而秉筆志乘
湮没無聞歷世浸遠又孰從攷證哉幸豫章
劉公建牙此土内撫百姓外鎮諸夷勲猷巳
光日月而稽古考文之暇慨然以茲爲闕典

特命張公令君𢿌修之旁搜博採分曹互訂
彙成一帙取裁於公公出其昭見嚴加筆削
總其綱列其目諸如山川形勝吏治民情其
興廢沿革醇澆文質之故意核而洽辭約而
葩裒然成一家言即史遷之奇碩班椽之精
嚴曷以加茲豈非近代所希覯者哉雖然志
以人物重不以土田重汲黯在漢廷而淮南
不敢發謀李廣守北平而匈奴不敢犯塞今

小醜蹂躪我中國
聖天子赫然震怒蘄滅此而朝食爾邑毓奇孕
秀代有聞人儻得若二公者挺生其間以奏
旂常之績異日續諸簡編與鄉之先達頂背
相望則寧獨一乘之光直與九丘八索共藏
柱下天壤俱無敝可也不佞承乏此邦正值
羽書旁午之秋方厲兵秣馬之不暇何事鉛
槧而樂觀是書之成洵可爲良史一助遂綴

白門草　卷　王

數語幷諸首

贈學博袁蘭室榮擢邑侯序

嘗聞崇文專於齊導總章意在倫俗故環視寓内庠序星羅章縫雲集皆茂選人範端爲表儀用以甄英陶雋育賢興良若儲材於林孕珠於海森者合抱輝者徑寸作棟則重勝照乘則光徹以之充貢

帝廷務顯實用在在奏績然後作人之化斯弘

而熙朝之文明因之彌暢矣吾蘇爲留都首
輔實天下材林珠海而吴邑尤稱林海中之
林海也譽髦之士揚蘂樹烈前後接踵未易
更僕數焉自蘭室先生秉鐸蒞吴鎔玉範以
建標懸氷鏡以示鑒化典則以霏談擊金石
以宣韻吐納芳馥顧盻清揚若媚景風生秋
空雲麗炙其輝飲其和者莫不心醉神融入
室而忘馨欣欣乎俱化矣故一時士習咸藉

磨礱行圭璋而節松栢才黼黻而道菽帛其
堪世用何異材合抱珠盈寸哉始知先生之
大有造於吳矣衆方擬先生稍需半朞再試
南宫取大物如拾芥踐陟清華宏展藴負實
先生所優裕奈何銓曹以先生能解盤錯不
宜久羈冷局而臨桂之命下矣於是舉庠弟
子及郡黌鄰序受先生甄育從門下遊者悵
臯比既往誰吾指南胥赴兩臺乞留先生仍

峙羽儀終其化澤其如九閽天遠欲借無階
何説者以先生才巨邑小豈殊舉函牛之鼎
而烹小鮮哉詎知通方達儒無擇巨細靡試
不效況臨桂氣類江浙俗醇風淑士知經術
而復以先生之精明練達仁恕愷悌者臨而
撫馭之其聲價之磅礴不與桂嶺摩天灕波
經地同其高厚耶自是而登要津秉樞軸以
霖雨天下也何難哉某素欽風儀而子侄輩

沐浴於先生之敎最渥故因先生之行也而

贈之文以餞行李

壽申少師元配吳老夫人七十序代先君作

今天下稱萬福莫過於壽壽莫難於偕老至

身居㒞軸位上相偕夫人而壽者則

熈朝二百餘年迄於今曾不一二數焉客歲甲

辰中秋望日瑶翁少師位登七十海内文章

家無問近遠咸搦管抒衆㚖爲先生壽上逮

天子明聖軫念元臣異數麃與
國家長久不可缺然特出
内府珪幣并
上方品物馳羊酒勤使臣而勞問焉當世榮
之見者嘖嘖嘉歎以爲耳目所未經涉何先
生受福於天若斯之隆重也今歲嘉平月𣪊
旦元配吳夫人僅後先生一歲而壽亦如之
遠近歡洽如甲辰秋其長公則釋僕臣之務

白門草　丁集　八

乞假於
朝晨夜馳三千餘里擁笏垂魚與次公孝廉
比肩舞綵爲二尊人壽諸孫皆蘭芬玉茁繞
膝而羅拜者幾不下二十人門以内雍雍愉
愉歡然樂也某家世與先生爲深交嘉靖辛
酉先生以壁經冠南省而某幸廁名其後遂
辱不鄙得附絲羅之末習知慶門懿行最悉
乃獻萬年之觴於堂下爲拜手稽首言曰是

在箕之衍疇與姫之繫坤矣疇之斂福也而
歸之平康坤之無疆也而歸之安貞惟平康
福之府惟安貞則無疆之基也先生夙稟異
材攬六藝之華而攄大廷之對
肅皇帝親灑宸翰注爲天下第一人入侍
經筵勤成國典無何遂宅政府總百揆經之
綸之思與天下更始掃除一切繁瑣峻殂之
政清和咸理濯然一新迄今賴之可不謂平

白門草　一卷　十

康乎夫人天性淵塞事黃太夫人不以年之
相近稍怠晨昏相先生五十年於茲惟勤惟
儉守素絢之風慎閑家之節勤義方之敎雖
當菸菸貴盛而動循女則中外欽欽子姓凜
凜可不謂安貞乎夫是二者有一於斯猶足
以凝休廸祉隆昭假而逛罔陵況其維德之
行相配競爽者乎昔劉子政著說苑中述德
行至比於流峙之大者以爲山致其高而寶

藏興水致其深而蛟龍窟人致其德行而福
祿歸今先生以仁壽天下之道福其家而夫
人以應地無疆之德福其身此昭融宣朗之
符受祿申重之效理有必至非偶然也胡可
以尋常紀筭爲哉敬誦于政斯言以志
熙朝之盛俟他日傳
國史者採焉
記

遊盤山記

余寄跡藍田四載有餘夙聞薊門有盤山燕東絕勝地也心竊嚮往之因循弗果至庚申三月瓜期將及恐不遊遂抱終身之歎迺於十七日奮然而往有同志四友王玄若江念洲王修吾李濟蒼偕行至別山會焉暮抵薊之西關少憩天妃宮遂宿於旅邸十八晨起乘肩輿至感化寺有元古碑可摹此盤山發軔處也再上二里

許澗水湯湯然汩汩然中有唐王亮甲石嶙峋可愛盤桓不忍去午過少林寺庭中二栢勢若虬龍寺後直上不數武即中盤寺矣寺在山腰碑碣纍纍遥望一高峯偃松奇甚上有戚南塘總兵所造亭亭對紅龍池飯畢策一蹇驢時上時下日將晡始到雲單寺見山巔一塔直聳青霄前大佛殿後藏經殿右毘盧殿一一瞻禮有禪師號大章者譚名理津津出野蔬果品餉吾

華執禮甚恭因宿焉維時山高月隱雲濛濛風颯颯塔上鈴聲不絕恍疑身在塵世外矣十九天甫曙即披衣而起憑欄遠眺諸山俯伏若培嶁然先登舍利塔前後俱有小殿旁懸一銅鐘皆宮人所鑄也下塔復緣崖而上至山絕頂三友皆從惟修吾瞠乎後矣頂有玄帝殿神靈赫然惟黃龍祖師銅像近因盜截其半夫祖師能制純陽之飛劍而不能禁盜賊之椎鑿獨何與

回至殿中聞禪有　勅賜紫衣袈裟御俠龍旗
蜈蚣旛等物索觀之錦綉輝煌珠玉燦爛別去
緩步而行履曹仙姑足跡至桃源洞山僧携酒
以竢遂席地而坐每人飲三四觥見二大石長
二丈餘嶄然而立詢之云此大將軍二將軍也
午食雙峰寺寺本唐太宗所創近復修葺上下
二層梵宇煥然一新兩峰一塔松一塔栢絕不
相混亦異事也騎至木月庵即雙峰下院飲茶

步行砂嶺崎嶇萬狀復乘輿至千像寺此寺原名祐唐因遍山石壁皆有佛像遂改今名總督尤公諱繼先者重爲修飾有老鸛石像石偃松臺通和碑歷歷諸古蹟夜宿寺中厥明二十日王我欲邀至書齋早膳遂同行觀搖動石其石大如屋一手推之即杌棿而動真宇內奇觀亟以卮酒賞之石有傳御史偈云誰安爾靜誰搖爾動萬刼千生動常不動亦善形容者隨到瑞

雲庵有天生石洞不煩斧鑿自成一屋相與徘徊久之回至山凹第一層真武閣第二層彌佗殿第三層大雄寶殿皆肅衣冠禮之到寺即返至成家園觀其樓閣臺池盡可人意惜乎主人之不在也又至香林寺亦薊名刹邂逅崔毛等七友留酌不踰時而陽烏已西墜矣亟趨西關駐足焉廿一日慕翠雲寺迂道觀之殊無勝跡可紀日中少息別山酒家行數里颶風大作飛

砂走石薄暮抵齋而盤山之遊畢矣竊聞盤山有八大景七十餘寺累月不能窮其妙余遊甫五日所至僅十之一遺漏甚多然已陟其巔已撮其勝其間山水盤旋庵寺宏麗巉巖怪石蒼松古栢無數且也桃杏能紅梨李能白間出蘋果花一枝尤嫋嫋如海棠山禽野翠令人應接不暇目曠神怡消郤胸中鄙吝有曾點舞雩之趣有莊生濠濮之想雖然寧靜可以致遠則異

日者愜無用爲有用斯遊未必無小補云四友

曰唯唯遂書以爲記

啓

上方相公求言啓代

昭代崇文館閣掌絲綸之重　台衡掞藻圖書

分雲漢之光　如圭如璋一言重於鼎呂　式

金式玉萬世遵爲準繩恭惟　閣下　皇都孕

秀　燕地儲精　起司馬於田間　帝心簡在

白門草　一卷　古

景夔龍於　朝署遐邇騰歡　論道經邦保金

甌以無缺　垂紳正笏調玉燭於常明　學富

五車陋月露風雲之態　才雄八斗渺歐蘇韓

柳之儔　筆底生花人人如獲拱璧　賦中吐

鳳在在若仰泰山茲因賢中丞紀績於太常

聖天子渧隆夫錫命旋寄北門之鎖鑰倚爲萬

里之長城某等素荷甄陶曷勝欣忭欲申讚羡

莫效涓涘思闡鴻碩之重臣必藉文章之宗匠

愬於　清燕之暇少抽　秘密之藏　珠璣爛熳於毫端言言可式　錦繡輝煌於紙上字字堪模　紀舊勲爕如指掌　揚新績較若列眉　勒在旂常將視河圖洛書而並麗　傳諸孫子當與天球琬琰而共珍敢合辭以　瀆威嚴冀俯鑒以伸微悃

迎周座師榮擢南京禮部尚書啓

尚書尊扯斗凤稱酙酌之司　宗伯典南宮雅

白門草　丁卷　主

重寅清之寄共喜　名賢簡用式占世道將亨
縣寓分光門墻借色恭惟　座下　命世大儒
　熙朝碩輔　榮躋鼇禁蚤讀中秘之書　硯
直鸞坡獨擅詞林之冠　緝熙九重之　聖學
經幄日臨作興四海之人文棘圍屢典　掌絲
綸於翰苑彩筆輝煌　叅藻鑑於銓衡氷壺映
徹懸車栗里久躭黄菊以娛情飛　詔楓宸仍
爲蒼生而強起僉曰夔宜典禮　帝咨汝作秩

宗五色耀金泥　寵命特頒䳄鵲觀　三台懸
水鏡　恩光遥錫鳳凰臺　宗伯暫兹飬尊
宰相行矣大拜百僚欽式多士彈冠某樗櫟散
材駑駘下乘幸辱　洩渤之末實叨　覆載之
恩顧身墮泥塗無顏而侍　函丈跡羈邊鄙未
由以覲　耿光近寓　留都方假緣於孔邇忽
覿除目迺深愜夫素心上誦　聖主之得賢下
慶　吾師之遇　主謹三薰而汙竹耑一介以

白門草　　下卷　　十六

傳梅對春風而神往　臺端候　紫氣以躬迎

道左捫心屢怵拜手徒歡伏願　天眷日增

崇禧益迓　玉鉉金鼎長隨仙籞之和風　翠

閣黄扉共沭雲天之湛露仰承　鴻庇實慰蟻

忱

迎翰林院郭堂翁啓

芸閣弘文搖珮沐九天雨露　瀛洲踵武彈冠

際萬里風雲　登鵷鷺於龍門步趨慚效　集

夔龍於鳳詔　謦欬欣承恭惟　臺下　豫嶽
鍾靈　天中毓秀　木天夜永光浮太乙藜煙
玉署陰濃影動上方蓮炬　效論思於講幄
赤舄輸忠　崇脩纂於詞林素功遜矣　兩握
掄材之柄桃李咸收　首正造士之銜茁軋莫
售方紆紫以正色　巖廊倏思玄而躭情泉石
懸車東里久效謝傳之徜徉飛　詔楓宸不作
陳摶之留住　絲綸獨掌久矣學士無雙　簪

白門草　下卷　七

敍重新展也　宫詹第一　流芳翰苑真文章
道德之英　振藻　陪京極禮樂冠裳之選斯
文吐氣士類揚眉某賦質凡流備員末屬　玉
堂瞻氣象終身珮律度之資　蓬島挹芳芬一
署消塵埃之溷早披雲霧獲覲　耿光久飫
珠璣庶沾玄輿謹專一介附瀝寸丹伏願　天
眷彌增　崇禧益懋　槐階直上來依一葉雲
陰　鼎鉉早登時盱　三台卿月

賀督餉戶部李侍郎啓 代

偉畧經邦　區畫獨煩於民部　精忠體　國積貯未頼於元臣　鎮水陸之咽喉　膽落挈糧儲之領袖軍旅風生　眷隆宸紫之資頌溢坤維之普凢居節制更切忻愉恭惟　閣下　秀萃衡陽　靈鍾漢水　淵源接武極研賢聖之精微　胥漢騰騫登擅天人之奏對借持籌於農部弊絕鼠狐　督轉餉於燕方風

白門草　　卷　　　　　　十八

清琴鶴　掄文中圡亞彰籲俊之功　保障外
藩屢著循良之績　江之南江之北仁義互施
　山以西山以東恩威並茂　赫赫京尹僚屬
綱紀聿新　赳赳撫臣草澤豺狼潛遁　勛猷
久著　碩望素孚兹者　逞逆巳見將隕而
兵殲　廊廟集謀必須士强而馬壯顧　帑藏
巳如懸磬而閭閻豈堪剥膚遍訪補天浴日之
材咸推經文緯武之佐　帝心簡在總度支以

儲財　天語休嘉專地官而率屬　晉秩兼部
院遠邇臣工咸屬攝提　建牙分夏冬水陸糧
糈悉歸掌握　指揮雲集材官迅若風霆　號
令雷行力士猛如貔虎賁太倉而絡繹極墉崇
擳比之繁散遼海以沾濡悉蒐苗獮狩之助指
日令狡　之授首聞風使群　以格心某請纓
有志料敵亡奇承乏邊陲幸厠幅幁之內祇承
矩矱欣逢提轄之中但　牙纛而懋分宜申蟣

怵而躬行燕賀適地方有警未敢越跬步而竟
阻息趨謹遴下吏以代陳祗肅微儀而贊喜伏
願　廣儲糧糗　蚤見蕩平出奏膚功而頊釋
聖懷入司調燮以挽回元氣　銘駿猷於銅
柱　勒鴻伐於旂常

請劉撫臺赴席啓 代

烏臺秉節桓桓偉烈耀旂常　鳳閣頒綸爗爗
濃恩澤斧鉞華夷共欽瑞色紳弁偕動歡情敢

諏吉以設菲莛布鳴騶而籍光寵恭惟 閣下
瑞鍾江右 秀毓豫章 八龍競躍於雲津
俱稱相種 一鳳獨儀於天表見謂人豪 栢
府風清縮兩京激揚之柄 駟常績奏肅百僚
綱紀之司遂恊 廷推晉専 閫政撫薊遼之
重地壯西北之長城矢志淨龍沙頻見捷書騰
紫塞圖形入麟閣行看駿業配 册膂載荷
金章用酬夙伐復膺 錫命聿篤 新恩御誥

白門草　下卷

燦琅玕戲下旌旄增彩　温綸需雨露行間草
木滋榮某等幸屬帡幪受成　指顧盻　龍文
之爽氣緬懷仰　斗之私攄燕賀之寅忱莫勝
披　雲之喜特陳薄醴巽拂　淸風先叩　牙
旗漫栽蕪牘黃河作帶泰山作礪庶可求　君
子之飭采蕨於灤摘蘋於燕聊以志野人之獻
伏願　暫屈玉斧姑試樽俎之折衝長鞏　金
甌直等岡陵而過曆

請王大理赴席啓

泰山北斗夙望允著於銓衡　玉律金科新聲
尤騰於棘寺瞻　龍光而馳想托　燕饗以攄
忱恭惟　臺下　匡時碩彦　間世孤標　威
肅霓旌愼平反於司理　識懸氷鑑秉正直於
天曹　望重山濤　名高毛价雖時遭讒口暫
爾跡寄東山而道協輿情終焉　詔頒　北闕
謂刑迺民之司命必得人爲國典之平而法實

白門草　下卷　三

下之取東特起　公參廷尉之任干定國上佐漢室民自無寃張釋之入輔文皇刑幾不用某章句迂儒衣冠冷局昔遊　貴地曾叨庇於二天今厠　留都復邀　恩於一日乘茲春和美景用陳燕好菲筵薦潔園蔬澹泊中同遊勝地聽尚書履歡悅處共醉霞觴伏願　自南丞晉陟　中臺久副　聖明之夢由三槐直膺九命式瞻　有道之容　玉屑金徽言言遵爲

執範　春風化甬事事藉以儀刑于㫐　尊嚴
懇祈　允諾
　壽侍御錢秀峯年伯啓
豸憲星臨正壽域弘開之會　鶴齡雲擁啓鉅
卿益筭之祥五百年名世廼興八千歲大年斯
永喜逢令序敬祝長春恭惟　臺下　儲精江
左　毓秀虞山　材名著在金閨　功烈留於
粉署屢奉薦揚於當路特膺俞允於　宸衷

白門草　下卷　三

白門草　下卷　三

簪白簡而貪墨改容　乘驄馬而豺狼屏跡
齊藩策士倒斛出百萬珠璣　楚地掄材揎筆
羅三千桃李方晉崇階於　台座忽迈而服於
故園花鳥留情屢曳東山之屐詩書啓後聿成
　北闕之名茲者運屬生申時當建亥薦蟠桃
於瑤海青鸞馭紫氣以翱翔傳仙曲於上方彩
鳳將　冊綸而炳耀　八旬届而靄蔚西池
五福臻而光纏南極棊誼忝年家情屬猶子棲

遲冷局未及稱觴於綺筵遥望　德門聊思致
絲於華祝恪修芹犯肅勒藿誠伏願　葆合元
神　珍調玉體　五朝元老永爲　盛世羽儀
三世名卿常作　清朝柱石
答中翰莫寅賡親翁啓
雲輝北闕青齡標山斗之章　星耀西垣黄閣
掌絲綸之重覩　台範而馳戀彌殷貢微忱而
瞻依倍切恭惟　門下　鍾毓名家　珪璋偉
白門草　下卷　亘

白門草　下卷　三

器　學問破牙籤玉軸　聲名冠杏苑瓊林親
結　龍扆之知聿新　鳳閣之模記　乘輿言
動載筆維嚴察臺省事機舉綱兼頼　鑾坡揮
翰非他學士之可言　嶠陛濡毫有古良史之
遺直佇膺　内召晉陟　台衡某鉛槧迂儒首
蓿冷職幸附年家之末自有皈依更托親誼之
微安希　覆庇憶維春仲叨沭　躬臨荷　珍
貺之榮施拜　瑤章之寵錫感深鏤骨佩切銘

心緣勢隔雲泥毋汗顏於削牘致時懸春夏方
頫首以修詞敬藉墨卿聊攄忱於簡册特因髦
士冀展候於　尊臺至於束帛之箋箋一皆積
誠之懇懇統祈　電炤槩　賜淵涵

候陳太尊啓

綵鳳啣綸　天寵重専城之寄　金魚佩綬
福星蒞開府之榮分鶵子民望欽　山斗恭惟
臺下　材高八闥　學貫三台　揚姓字於

白門草　下卷

金閨旋登部署　承絲綸於玉陛載試關津清
擬壺氷恩侔圭日乃繇　帝心之簡特頒牧伯
之符兒童紛竹騎以歡迎父老望蒲鞭而快覩
黃堂晝永運陽開陰闔之機　畫戟香凝收
歲稔時和之效　菁莪作士化久洽於絃歌
棠樹蔭民澤更隆於襦袴　瑞成五鳳共推卓
魯風猷　麥秀兩岐遠邁趙張事業佇看　台
衡之擢坐膺　鼎鉉之調某久困公車暫棲冷

局幸厠編氓之列得沭，覆幬之恩身雖匏繫
邊陲心切旌懸　座右茲者肅具不腆聊表微
誠耑豚犬以伏謁　堦墀叩威嚴而望見　顔
色懇祈　慈炤俯賜優容

賀張大尹調繁啓

臚唱卿雲萬里鵬程摶　帝闕符分應宿　九
重㫒舄到人間邑里緑是以絃歌臺閣因之而
定位黄封注慶赤壁騰歡恭惟　臺下　學富

白門草　下卷　壹

白門草　下卷　五

五車　粹鐘三晉　天人大對宜視草於詞林

鸞鳳暫棲偶綰符於薊土　才華無敵一洗

而凡馬空　政事有神四顧而全牛解民歌樂

利　仁風扇遍地桑麻士飲陽和　惠露灑瀟

門桃李　旌書洊至亟膺臺察之揄揚　剡疏

交騰正屬　宸衷之眷注蕞爾豐邑方沾湛露

甘霖嚴矣首邪再覯高天厚地河陽郊外畬田

稔到處栽花斗宿星邊貫索空隨方化雉蓋銅

章墨綴何足久羈而台鼎崇階所宜借重者也某樗櫟散材未策名於龍陛丰胥微器幸竊祿於鱸堂曉日照苜蓿之盤自甘獨冷薰風鼓芹藻之浪物與同春近因台旆之東遊屢奉清光於下座深藉二天之庇庥幾一日之安快覩榮遷曷勝私喜恭裁簡札祗候台階薄采沼沚之中願鑑篚筐之外伏祈金甌玉鉉行調商鼎之羹青鎖赤墀佇荷漢廷之

璽　澤加華夏　勳銘冑鍾

祭文

祭少參沈全吾年伯文

瞻彼虞山惟嶽降神滙茲琴川惟瀆濬靈於鑠
我公毓秀甦淳熙朝碩彥昭代耆英文章道德
超軼絕塵藝林樹幟詞壇主盟高第囊探長材
河傾委身筮仕惠澤在民剔歷中外懋著奇勛
流鴻豎駿到處陽春晉陟參知簡在　帝心望

高山丰擬擢台衡蕁鱸興起遂解朝簪夷猶泉

石堅卧松筠詩酒自娛頤養天寧振振麟趾祖

武是繩唾霏珠玉腹笥經綸行且聯舉　封誥

重新未竟之業寄之後人維我先君兩榜同登

塤篪誼協金石交深剢予渺末霑丐餘芬蒙公

卵翼義薄天雲鐫諸肺腑何日去心　公躋大耋

奕奕丰神優游蔵境可引百齡昊天不弔朝晞

露零歲在龍蛇凋謝老成猗歟令德雖沒猶存

白門草　下卷　　　巨

倏焉聞訃洟泗交弁玉沙匏繫遥奠几楹束芻

明水瀝酒聞馨公其御風脧然來歆

祭袁道尊文

惟靈中洲挺秀衡岳儲精英姿磊犖問學醇閎

蟾宫簪馥鴈塔馳聲長垣試宰政簡刑清循良

炳赫績悚　聖明寵錫民部軍國攸盈出入糧

儲惠洽民氓旋司邦土乘田是營歷陟諸曹標

表群英　特簡藩臬並飭戎兵釐奸剔蠹百度

維貞氛清薊北萬里長城中外拭目稱娖前旌
屈指建蠹燕然勒銘胡鶇二豎倏爾夢楹嗚呼
玉虬電發鯨騎飈征棟梁摧折世宙誰撐百職
怜惧痛失模程匑某謭陋夙荷幪帲徼眄濡唾
是訓是行俄聞化鶴腸裂魂驚爰率多士展此
微忱匍匐下拜涕泗交傾蕪詞半幅澗沚一盛
神其勿吐緩轡瑶京

祭張寅丈文

白門草　　下卷　　五八

國家取士明經與制科並重歷孜往牒名卿碩

輔自廣文起者肩背相望未可縷指數也不佞

久困公車不得已乞　恩授玉田諭距家三千

里而遥意欲棄去同年仙比部慰余曰地方雖

苦寒幸有同寅張公者予作令時所首取士眞

有道君子也得此可免岑寂余唯唯抵任一見

如故舊兩人歡相得不設纖毫城府朝夕與共

出入與俱時或揚古搉今若合符劵輒撫掌大

笑偶有斗酒烏烏相勞擬訂三年之交詎意公少憩功名弗遂志夙患鬱膈去秋疾作至冬已劇不佞屢過床頭相對噎啞不覺涕泗交流甫易歲竟成長別嗚呼數必有終天不可問賫其如之何哉今靈輀將舉杖履益遥敢忘不菲聊綴數語以寫一時共事之情云爾若公器局之磊落心術之光明學問之閎深師模之端肅士子挹其德輝一以爲和風慶雲一以爲嚴霜沍

[illegible]

白門草　下卷　三

雪種種懿美向來薦剡所不能盡者自有名公鉅卿表而誌之又何俟不佞贅一詞

祭劉玉衡表兄文

我吳文獻甲寓內世家巨族科第蟬聯不可勝紀而郡中最著者莫如彭城劉氏蓋劉自靖節公發解南都抗節　文皇帝鬱起人文之盛而子孫無有表暴其事者我舅氏衡門太岳二公始請於　朝得建專祠春秋有司親臨致祭闡

揚先德功蓋匪細焉舅氏既沒族多覬覦鼠牙
相角獨我玉衡兄不畏強禦以一身折衝上下
之間左撑右持殫厥心計至傾囊倒篋不少悋
惜惟求妥先靈而後即安迄今廟宇嶄然不改
衆無敢譁者皆吾兄力也此其承前大孝足爲
士林巨擘若夫少而蜚聲藝苑晩而擅譽岐黄
遇盤錯而遊刃有餘當紛囂而片言立折蓋才
與識兼素爲鄉黨中推服即先君子時或借箸

白門草　卷　三

他可知矣兄丹顔鶴髮望之如神仙中人没前一月猶顧寒盧杯酒相勞歡若平生而孰意昊天不弔遽奪其年耶儀容既杳杖屨空懸嗚呼痛哉所可幸者諸郎君磊磊落落咸有丈夫志必能昌大其業益衍劉氏科名之盛是兄雖死猶生也而又何憾於九原某誼屬至戚情踰肉骨瞻望素帷怛焉悲惻薄陳溪澗庶其來格

祭陳太毋吳太孺人文

於惟太母天秉肅雍日嬪君子文章國公溫溫
克相宇達宸楓棠陰雨地淅水西東　帝嘉內
助懋錫花封龍蛇忽遘雹碎春紅燕山早桂巳
屬長公毋敎逾厲苦膽丸熊二十八宿燦羅心
胸領袖人士干將李邕仲叔接武文燁長虹季
克繼起五花散鬖頳川兄弟東序金鏞長公再
奮垂天蔽空手排閶闔策動　宸衷臚傳丹陛
五色雲重百年名世魚水初逢玉皇香案日暖

白門草　丁巻　三

銅龍板輿擬御冉餋將隆　封紫駞大官尸饔
六珈瑱捺一疾飄風諸子湯藥首如飛蓬佰也
雩涕罷直返葑毋獨含笑揮手西蹤平生繡佛
鶖嶺虔通瑶池南岳雹光與同况彼世緣等於
瞬幪獨此邦人念毋恍恍坤厚載物哲嗣㑿幪
婺宿朮隤巷哭衆融明瑺寶瑟咽此寒蛩某忝
世誼蘿附更崇白門闈訃哭毋無從椷辭縮酒
衆寄征鴻

祭張太母袁恭人文

惟汝南之毓秀兮洎清河之發祥慶藍田之産璧兮喜冊岫之鸞凰相夫君而豎業兮才猷夙着於疆埸德望素隆於梓里兮僉云内助之贊襄迨挺生乎丈夫子兮蚤立幟於膠庠詞藻膽炙於人口兮廣來豪傑於四方嗟伯氏之瘞玉兮毋於邑而泣數行幸仲氏之色養兮廼忘憂而樂且康既才名之鵲起兮下帷發二酉之藏

試輙冠其儕偶兮將萬里之飛黃且高誼之雲
天兮實玉質而金相行致身於青雲兮沭　鳳
誥之輝煌更孫枝之穎异兮多觸目之琳琅宜
世德之丕振兮當由毋道之克臧況能口口竺
乾兮修淨業心心般若兮泛慈航胡然一疾而
長逝兮竟不逢佛氏之醫王憶與伯共研席兮
稔知壼度之明章而仲復懸絳帳兮兒曹仍辱
於門墻万蘄景止之有托兮何爲遭變而慘傷

天心眛眛而顛倒兮忽歎賢毋之云亡謹陳詞

以酹酒兮對悽悵而悽徨望慈靈之不棄兮儼

然歆此蔬觴

白門草下卷終

白門草　卷　三

讀白門草有述

白門草者余外父茂嘉丁先生所著詩文遺集也先生住世五十有六年中間流寓宦游不當家居什之二至於南官寄泊三載流光直彈指間事耳禹鄉兄

白門草　序　一

第楸乎有慟於衷哽咽予不忍出諸口獨以白門額其集者何也蓋白門固先生邅迴之息駕夢幻之結局即短章微詠亦孝子慈孫所當弓冶珍而桮棬痛者也嘗追遡先生一生始末境

凡屢變鳥自叅藩公起家進士
縣茂宰入為名御史埋輪叱馭
所在著聲先生時以少子隨侍
暮雲春樹之際菜衣初試班管
作拈是一境也既而束髮成諸
生傾心僑盻屈首丹鉛焠掌碎

狀曰不遑暇俄焉青衫之債易
了朱衣之點遂來鼓篋長安題
橋驛路是又一境也迨乎公車
不偶行路漸難外侮憑陵家憂
迸集不獲已而托之乎爲貧而
仕一氈孤竹說禮敲詩攬塞壯

之風烟吐江南之麗豪是又一境也馴至逾艾之歲亦天片席局簡務稀跌宕醉眠夷猶吏隱将謂名教樂地庶其在茲先生乃咄〻感懷悠〻傷化時而循墻孤嘯昔而面壁長謠歲月不

白門草　序　三

留江山莫領庵忽大故遂赴脩
文是又一境也余爲壻二十五
季逮事先生僅戊申迄於壬戌
前乎此者多弗及知〻亦弗及
詳唯白門三載爲郎比舍凡選
花命石之社評山品水之遊躡

屐退陪居然半子内人性澓萬孝盤綠酒漿恪修女則每以時詢飢飽問寒暖先生亦日衎〻晏〻樂而飲之從来骨月隱至之情家庭微密之故緣此見形察影不翊觀火洞垣即長逝之

日門草 帝 日

白門草序 四

夕一燈熒々秋蟲泣戶余與內兄弟飲淚相對先生猶角巾危坐莊語自如卒手一編付余刪訂刹那善視而涙故知先生白門之境遇者獨余一人而敘先生白門之遺集者舍予又安歸

乎若夫先生詩成矣口文出匠心特以寫其耳輪目睫之繫繪其水流花落之機更進焉所著述當不必此惜乎其以白門終也讀羅爲之掩卷再三歎

壬申七月閩觀察使子壻申紹

白門草　　　　庚　　　　　　　　　　王

芳題於信安舟次

先君子大理公生雖貴介性實寒素世雖叔季心同上古生平不閫戶外亦不問戶內扃一室手一編冀博一第者三十年顛連計偕一鐙晚乞白門閒散無日不詩曰吾將爲魏晉三唐引着勝地也毋得一佳句似遷一好官朝來喜色與鍾山爽氣爭快殆將極研磨之所至而二豎膏肓并詩已矣郎中惟有詩艸家中竝無長物于古人略同而客有解詩者謂不肖曰此中多叏

跋

佳句子以天球大貝寶之家何如以零璧碎珪
公之世乎且先君子殁而人多知先君子者嘆
今日無長者其人長者其心之人也因遂以手
澤寄之斯編而公之同好先君子其人者謂安
得此長者之言而咏之非徒詩之謂也

不肖男汝昌謹識

明故南京大理寺司務肩吾丁公暨配杜碩人

墓志銘

當

神宗之甲午吾郡登賢書者二十三人余及肩

吾丁公與焉是時先大夫方與丁少參諸鄉

先生爲耆英之社昕夕過從甚歡而兩家子

復以世雅稱同籍相視尤相暱也公年長于

余八歲腸肥腦滿鶻起彪炳倜然有脾睨一

肩吾公暨杜碩人 一

墓志銘

墓志銘　一

時之意又少習庭訓不窺戶外凡世間語默動止一切格套都不循襲或指爲當今世而有未琱之璞如斯者乎乃識者則知其肫醇謹愿不逐時趨爲遠到大受之器也自少至老矻矻一編祁寒盛暑不稍自懈乙未赴公車以及癸丑躓于禮闈者七矣帖括之業日新月異幾於神工鬼斧而公獨守其家言弗改故轍以謂世必有知我者卒弗獲售俛首

一氈再試再不利晉南京翰林孔目大理司
務悒悒終身竟以是卒嗚呼是可歎矣卒又
十年而元配杜碩人亦卒以明年癸酉八月
十日合葬于吳縣龍池新阡而孤汝昌等請
銘其墓余與公世交年誼固不能辭也多病
因循稽于浹歲至乙亥之春其壻申方伯以
呼
嵩入都復以爲請因克爲志若銘以慰公於九

肩吾公暨杜碩人二

墓誌銘

墓志銘

原志曰公諱肇亨字懋嘉其領鄉薦時名文美而肩吾則別號也六世祖克遜公諱謙始居於吳高祖志遠公諱昊以春秋貢爲蕭山縣學訓導曾祖味泉公諱沂祖贈御史方池公諱世熙兩世績學不售而始發于公之尊甫玉陽公諱元復隆慶辛未成進士筮仕爲令擢南臺御史以不阿權相出參浙藩生二子公居次母則劉宜人也杜碩人亦吳中名

家爲東原先生之後其父詩以乙科起家康
介有聲仕亦少紷所稱芝室先生云公自成
童卽已能篤志于學不好嬉遊凡大全性理
綱目諸書靡不淹貫至小試失利卽鍵門下
闗攻苦皆杜碩人激勸之至捷于鄉適少紷
七十初度稱觴獻壽布武接武之客皆以爲
榮後累舉不第其下帷亦如前諸生時家人
生產悉付之碩人不問碩人亦饒心計持家

肩吾公暨杜碩人

三

襄志名

墓志銘　三

棟郎婚嫁喪葬大事一不以煩公里黨間皆
稔公得內助矣公官雖不達然司鐸玉田能
興水利歲省金錢萬計永爲玉豐二邑之利
署篆能絕贖鍰能弭兵譁能使玉豐之民尸
祝至今蓋生平才具亦僅見一斑至畱都仙
署人稱吏隱有爲公羨者公嗛嗛笑曰此足
爲丈夫榮乎其不忘情于一第如此然亦且
委懷朞物賦詩飲酒遍尋南朝諸寺探幽攬

勝悠然會心焉家本素封而以質性諄厚奴
輩譏察未嚴因有辛丑稅變之事焚掠殆盡
遂枵然如寒士顧夷然弗屑也生有至性事
親素極愉悅自遭家難卜居奉少參公竭力
假貸勉供朝夕不稍露貧窶困憊之態以貽
親憂故少參年八十餘遘此奇變怡怡自得
康樂令終則皆公之曲于孝思者也而大屯
大難大謗大疑杜碩人排解之功居多益有

肩吾公暨杜碩人

曰

墓志銘

以徵內助矣公宦陪都惟攜一子自隨申方伯時官南銓朝夕上食行子壻禮甚恭一日飯畢忽患眩侵尋末疾以卒卒之日語不及他惟囑其子以假貸不可負諾雖貧必强圖之懸棺而窆吾弗憾言終而逝其後諸子各任其責三年乃畢其逋而後碩人喜可知也曰而父目乃瞑矣益其家庭閒所交勉以義者如是是不可風末俗矣哉公生隆慶丁卯

十月十三日卒天啓壬戌九月十八日享年
五十有六碩人生嘉靖丙寅十一月初四日
卒崇禎壬申二月十六日享年六十有七子
男四人汝昌吳縣附例國子生娶黄氏分宜
縣知縣中吳公孫女兵部司務抱貞公女汝
翰吳縣庠生娶俟氏贈吏科給事中一貞公
孫女吏科給事中卹贈太常寺少卿吳觀公
女繼娶嚴氏中翰洞庭公孫女文學公介公

肩吾公暨杜碩人　　　　　　　　　　　　五

墓誌銘

墓志銘　王

女汝楨長洲縣附例國子生娶張氏江西按
察使慎吾公孫女文學季弦公女繼娶張氏
山東濰縣知縣二酉公孫女太學仲昭公女
汝宣娶郭氏太學師甫公女女二人長適少
師申文定瑤泉公孫貴州思石道副使念先
公子福建布政使紹芳次適湖廣武崗知州
錢清河公子附例國子生玄齡孫男九汝昌
出者四觀國蚤卒娶嚴氏處士振宇公女觀

生　學庠生娶陳氏浙江崇德知縣毅
軒公孫女太學中卿公女觀政娶顧氏通政
司使常所公孫女孝廉玄愷公女觀民聘湯
氏文學未菴公孫女太學兆麟公女汝翰出
者三觀韶吳縣庠生娶徐氏光祿卿卹贈工
部侍郎念陽公孫女官生隆吉公女觀夏觀
濩幼未聘汝楨出者一觀旂汝宣出者一觀
瀾俱幼未聘孫女十汝昌出者二長適處士

肩吾公暨杜碩人六

墓志銘

墓志銘　　　　　十八

毛龍洲公子思張次字太學張雅吾公孫文學雲將公子起芬汝翰出者五長適大司馬顧冲吾公孫官生敬則公子庠生屺孫餘幼未字汝楨出者一字大理寺評事沈芴林公孫太學子若公子晉初汝宣出者二俱幼未字曾孫男三觀韶出者二珍立懷立觀生出者一阜　俱未聘曾孫女六觀國出者二長字汝昌壻毛九卿子善錫次幼未字觀韶出

者二觀　出者一觀政出者一俱未字銘曰
惟君生平外晦內明嗜好靡涉没齒窮經俛
首儒官默不得意稍展　長局窺小試晚尤
靜曠逍遙賦詩敦信尚誼垂絕之時有子繼
志力襄大事龍池鬱葱雙桃至止白首相莊
青丘　藏雲霏煙靄芝秀蘭芳于人則畸于
天則偶我銘其幽傳示永久
賜進士及第詹事府協　府事少詹事兼翰林

肩吾公暨杜碩人

墓誌銘

墓志銘　　　七

院侍讀學士纂脩　國史直　起居注　經

筵日講官年眷弟文震孟謹撰

賜進士第南京吏部文選清吏司主事年家子

倴峒曾篆額

賜進士第文林郎兵科給事中通家子宋學顯

書丹